浪人若さま 新見左近
決定版【十】

江戸城の闇

佐々木裕一

双葉文庫

目次

徳《とく》川《がわ》家《いえ》宣《のぶ》

江戸幕府第六代将軍
寛文《かんぶん》二年（一六六二）〜正徳《しょうとく》二年（一七一二）

寛文二年（一六六二）四月、四代将軍徳川家綱《いえつな》の弟で、甲府《こうふ》藩主徳川綱重《つなしげ》の子として生まれる。綱重が正室を娶《めと》る前の誕生であったため、家臣新見正信《にいみまさのぶ》のもとで育てられる。

寛文十年（一六七〇）、九歳のときに認知され、綱重の嗣子《しし》となり、元服後、綱豊《つなとよ》と名乗る。延《えん》宝《ぽう》六年（一六七八）の父綱重の逝去《せいきょ》を受け、十七歳で甲府藩主となる。将軍家綱が亡くなった際には、世継ぎとして候補に名があがったが、将軍の座には、叔父《おじ》の綱吉《つなよし》が就《つ》いた。

五代将軍綱吉も、嫡男《ちゃくなん》の早世《そうせい》や、長女鶴姫《つるひめ》の婿《むこ》である紀州《きしゅう》藩主徳川綱教《つなのり》の死去等で世継ぎに恵まれなかったため、宝永《ほうえい》元年（一七〇四）、綱豊が四十三歳のときに養嗣子となり、江戸城西ノ丸《にしのまる》に入り、名も家宣と改める。宝永六年（一七〇九）の綱吉の逝去にともない、四十八歳で第六代将軍に就任する。

将軍就任後は、生類憐《しょうるいあわれ》みの令をはじめとした、前政権で不評だった政策を次々と撤廃《てっぱい》。間部詮《まなべあき》房《ふさ》を側用人《そばようにん》として重用し、新井白石《あらいはくせき》の案を採用するなど、困窮《こんきゅう》にあえぐ庶民のため、政治の刷新をはかり、万民に歓迎される。正徳二年（一七一二）、五十一歳で亡くなったため、治世《ちせい》は三年あまりとごく短いものであったが、徳川将軍十五代の中でも一、二を争う名君であったと評されている。

浪人若さま　新見左近　決定版【十】

江戸城の闇

本書は２０１５年12月にコスミック・時代文庫
より刊行された作品を加筆訂正したものです。

第一話　討手《うつて》の涙

一

貞享《じようきよう》元年（一六八四）五月、江戸の町は花菖蒲《はなしようぶ》の見頃の時季を迎えていた。

大商人の屋敷では得意客を招いて、庭に咲く自慢の花菖蒲を愛《め》でながらの宴《うたげ》が開かれ、庶民の暮らす長屋では、鉢植《はちう》えに咲かせた物や、井戸端に咲く花菖蒲を隣近所の者と自慢し合ったり、鑑賞し合ったりして、風流を楽しんでいる。

甲府藩《こうふはん》の根津《ねづ》藩邸でも、家臣たちが丹精《たんせい》を込めて育てた花菖蒲が見事に咲き誇《ほこ》り、新見左近《にいみさこん》の部屋の前には、藩主としての激務に追われる主君のこころを和《なご》ませようと、特に選《よ》りすぐられた美しい花菖蒲の鉢植えが並《なら》べられていた。

紫色も鮮《あざ》やかな花を横目に廊下を歩んできた側近の間部詮房《まなべあきふさ》が、左近の部屋の前で片膝《かたひざ》をつき、聡明《そうめい》そうな顔を下げたのは、昼前頃だった。

「殿、少しお休みを……」

うやうやしく言った間部が、閉《た》てられている障子内の気配に気づいて顔を上げ、

「失礼つかまつります」

声をかけて障子を開けた。

きりりとした間部の眉《まゆ》が、ぴくりと動く。

中に左近の姿はなく、書類が積まれた文机《ふづくえ》があるのみで、部屋が閑散《かんさん》としていたのだ。

一刻（約二時間）前に茶を出した時には、確かに左近は書類に目を通していた。

目を離したのは、ほんの半刻《はんとき》（約一時間）。

厠《かわや》に立っているのかと思った間部は、御殿の長い廊下の端にある厠に行ってみたが、畳敷きの厠にも姿はなかった。

戻って部屋の前の庭を見渡すも、左近の姿はどこにもない。

庭の花の世話をしていた年上の老藩士がいたので、声をかけた。

「山川《やまかわ》殿、殿のお姿を見られませなんだか」

「はい？」

山川が花菖蒲の中から顔を上げた。白髪頭で優しい表情をしているこの老人は、根津藩邸の庭の手入れを取り仕切る役目の者で、左近の抜け穴を作り、守ってい

る人物でもある。

「今、なんと？」

「殿がおられませぬ」

間部が詰め寄るように訊《き》くと、山川が含んだ笑みを浮かべた。

表情から、左近が抜け出したことを悟《さと》った間部が、腰に手を当てて部屋の中を見て、ため息をついた。

そこへ勘定方《かんじょうかた》の雨宮真之丞《あめみやしんのじょう》が現れ、えっ、という顔をして立ち止まった。

「そのお顔は、まさか……」

「やられた」

間部が苦笑いで言うと、雨宮が困った顔をした。

「明日までに目を通していただかなくてはならぬ書類がございましたのに」

そう言って部屋の中に入り、文机にうずたかく積まれた書類に手を伸ばした。

ため息をついた雨宮は、書類を開いてぱらぱらとめくり、

「やっ、これは」

と驚いて目を見張った。

別なのを手に取ってみて、

「ははあ」

感心して、書類を押しいただくようにした。

間部が歩み寄り、自分が渡していた書類に目を通し、表情をゆるめる。

「これだけの物を、一晩で終わらせられるとは……。殿はおそらく眠ってはおられまい」

雨宮が笑みで言うのに、間部が横目を向け、

「花川戸町《はなかわどちょう》ですな」

「このぶんだと、二、三日は戻られぬが、役目を終えておられるので仕方あるまい」

雨宮の肩をたたき、間部は自分の役目に戻っていった。

その頃、藤色の着流し姿で屋敷を抜け出していた左近は、雨宮の言うとおり花川戸町に現れていた。

通りの店の軒先《のきさき》に並べられた花菖蒲の鉢植えを眺《なが》めながら歩んでいると、雑踏《ざっとう》のにぎやかさの中で、ひときわ大きな笑い声がした。

団子屋の前で店の女将《おかみ》と話をしていたおよねが、大口を開けて笑っていたのだ。

けらけらと笑うおよねの楽しげな姿に、左近はふっと笑みをこぼし、歩みを進

める。

　すると左近に気づいた団子屋の女将が頭を下げ、それに振り向いたおよねが、ぱっと明るい顔をして駆け寄り、

「左近様、ちょうどよかった」

　そう言って、袖《そで》をつかんで引っ張る。

「どこへ行くのだ」

「見てもらいたい物があるんですよう」

　連れていかれたのは、およねと権八《ごんぱち》が暮らす長屋だった。

　木戸を潜《くぐ》った左近は、目を見張る。

「おお、これは」

　長屋の路地が、花菖蒲で鮮やかに飾られていたのだ。

「今年は凄《すご》いでしょう。うちの人がみんなと相談して、育てたんですよ。どうです」

「うむ。たいしたものだ」

「次はこっち」

　およねが引っ張って連れていったのは、お琴《こと》の家の庭だ。

鉢植えにされた花菖蒲が並べられ、権八が鼻唄を唄いながら手入れをしている最中だった。

「お前さん、旦那が来られましたよ」

「お、左近の旦那、いらっしゃい」

鉢巻《はちま》きを取って頭を下げた権八が、どうだと言わんばかりに、花菖蒲に顔を向けている。

「これも、権八殿が育てたのか」

「よくぞ聞いてくださいました。こいつは、あっしが手をかけた中でも自慢のやつですよ。……このひときわ色鮮やかなのはね、旦那、東本願寺《ひがしほんがんじ》の境内《けいだい》で飾ることが決まったんでさ」

家臣の山川老人が育てた物に、勝《まさ》るとも劣《おと》らぬ見事な花を咲かせている。

「これはいい。参詣《さんけい》する者たちも喜ぶだろう」

「そういうことでさ」

権八が自慢げな顔で言い、手の甲《こう》で鼻を擦《こす》り上げた。

「昨日から仕事そっちのけで、この調子なんですよ。困ったものです」

およねは言いつつも、嬉しそうな様子である。

家の奥から咳《せき》をする声がしたので、左近は顔を向けた。

お琴が廊下に現れて座り、左近に笑みを向けたが、何かに気づいた顔を一瞬見せ、

「今、お茶をお出ししますから、どうぞお上がりください」

そう言って、台所に行った。

今日は久々に店を休んでいるとおよねが言うので、左近はお琴を花菖蒲見物に誘おうかと思った。

「旦那、今夜一杯どうです」

「うむ、久々に飲むか」

「そうと決まれば、こいつを運んできますぜ」

鉢植えを持ち上げようとした権八に、およねが言う。

「……お前さん、何言ってるんだい。今夜は東本願寺に招かれているじゃないの」

「あ、いけね。そうだった」

「忘れっぽいんだから」

およねが権八の背中を押して左近に振り向き、笑みで腰を折る。

「そういうことですから、左近様、どうぞごゆっくり」

権八とおよねは、花菖蒲を寺に運ぶと言って出かけたので、左近は宝刀安綱《やすつな》を腰からはずして縁側に座った。

茶を持ってきたお琴が、左近の前に湯呑《ゆの》みを置いた時にまた咳をした。

「いかがした。風邪《かぜ》か」

左近が気遣《きづか》うと、お琴が笑みを向ける。

「大丈夫です」

そう言って奥の納戸《なんど》に入り、左近が茶を飲み終えた頃に出てきた。

左近の横に座り、

「これにお召し替えください」

言ったお琴の膝下《ひざもと》には、藤色が鮮やかな新しい着物が置かれていた。

左近は市中にくだる際、いつも藤色の着物に着替えているのだが、しばらく同じ物を着続けていたので、少々くたびれてきていた。

そのことに気づいていたお琴は、新しい着物を作っておいてくれたのだ。

言われるまま袖を通した左近は、帯を締めてくれるお琴に笑みを向けた。

「忙しい中、繕《つくろ》うてくれたのだな」

黙ってうなずくお琴の顔が火照《ほて》っているように見えたので、左近は手をにぎった。

「熱があるのではないか」

「そうでしょうか」

お琴の額《ひたい》に手を当ててみる。

「やはり熱がある。無理をしてはならぬ」

「たいしたことありませんから」

お琴は明るく言い、左近が脱いだ着物を衣桁《いこう》にかけて、手入れをはじめた。

花菖蒲を見に誘うのをやめた左近は障子を閉めると､急いで床を延べはじめる。

「薬は飲んだのか」

するとお琴が、手を止めて左近に顔を向けた。

「左近様」

「うむ？」

「ほんとうに、大丈夫ですから」

「しかし、熱があるではないか。風邪は万病の元だ。お峰《みね》も――」

言いかけて、左近は言葉を濁《にご》した。

亡くなったお琴の姉お峰は、風邪をこじらせてしまい、重い病《やまい》にかかってしまったのだ。

左近の言わんとしていることがわかっているお琴は、立ち上がって障子を開けた。

「風邪がうつるといけませんから」

そう言って、着物の手入れに戻った。

少々の熱では寝込んだりしないところは、お峰によく似ている。

せめて薬でもと思った左近は、甲府藩御殿医《ごてんい》の西川東洋《にしかわとうよう》を訪ねるために出かけた。

上野北大門町《うえのきただいもんちょう》の診療所を訪ねると、裏店《うらだな》の老爺《ろうや》が留守番をしていた。

訊けば、東洋は近所の商家に急病人が出たというので、女中のおたえを連れて診《み》に行ったらしい。

留守なら仕方ない。

左近は帰りを待とうかと考えたが、出直すことにして、近くの店で生姜《しょうが》と蜜を買い、お琴のもとへ帰った。

店に帰ると、およねが戻ってきていたので、

「すまぬが、生姜湯《しょうがゆ》を頼む」

と言いながら買った物を渡すと、

「おやまあ、お優しいことで」

およねは応じて台所に向かった。

お琴は部屋で休んでいた。

身体が重いと言うので、左近が額に手を当ててみると、先ほどよりもずいぶんと熱くなっている。

「喉《のど》は痛むか」

左近の問いに、お琴がうなずいた。

「せっかく来てくださったのに、すみません」

「あやまらずともよい。寒くはないか」

「はい」

「雨に濡れたのがいけなかったんですよ」

生姜湯を持ってきたおよねが言うには、二日前、仕入れのために日本橋《にほんばし》へ行った帰りに、雨に降られたらしい。

大降りの中、お琴は背負っていた大事な品を濡らさぬために町駕籠《まちかご》を雇い、荷を載せて運ばせ、自分は冷たい雨に濡れて帰ってきたのだ。

「そのような無理をしたのか」

左近が言うと、お琴は決まりが悪そうな笑みを浮かべて、夜着《よぎ》で顔を隠した。

「おかみさん、左近様が買ってきてくださった生姜湯を飲んで、お休みになってくださいな。あたしは、もう少しだけ亭主を手伝ってきますから。今夜は温かいおうどんにしましょうかね」

湯呑みを載せた折敷《おしき》を置いて言いながら、およねは忙しく出かけていった。

左近が湯呑みを取り、起き上がったお琴に渡した。

「よい品物が手に入ったのか」

「はい、それはもう」

お琴が目を輝かせて言うには、色合いの気に入った紅《べに》や白粉《おしろい》などを手に入れたらしく、他にも客が喜びそうな品をたくさん見つけたらしい。

お琴の店は、ここに来れば欲しい品がひとつやふたつは、必ず見つかるというのが評判で、多くのおなごに人気があり、時には大名家の奥方などもお忍びで来るという。

客が喜ぶ顔が生き甲斐《がい》でもあるお琴だけに、大切な品物を雨で汚すまいとしたのだ。

左近はお琴が眠るのを待って、谷中《やなか》のぼろ屋敷に帰った。

以前、東洋が出してくれた熱冷ましの薬が置いてあるのを思い出したのだ。

不忍池《しのばずのいけ》のほとりを歩んでいる時、谷中のほうからくだってきた四人の浪人とすれ違った。

左近は立ち止まり、振り向いた。

これまで多くの悪を成敗してきた左近の嗅覚《きゅうかく》が、浪人たちから染み出る悪事の臭《にお》いを嗅《か》ぎつけたと言っていいのだが、普通に歩んでいる者を呼び止めて問い詰めるわけにもいかず、その場から立ち去った。

二

不忍池のほとりで左近とすれ違った四人の浪人者は、駒込《こまごめ》あたりを荒らし回る、「ごろつき」とも言える連中だった。

目をつけた町の料理屋に現れ、飲み食いをしたあとに、ごみが入っていたなどと難癖をつけてはあるじを脅《おど》し、代金を踏み倒すならまだしも、金を出させていた。

そのやり口は狡猾《こうかつ》で、迷惑料として店側から進んで金を出させるように仕向けるため、お上も手の出しようがない。

浪人たちの悪事に耐えかねた町役人《ちょうやくにん》の訴えに応じ、北町《きたまち》奉行所の同心《どうしん》が出張《でば》ってきたこともあるが、浪人を束《たば》ねる頭目《とうもく》と思《おぼ》しき者が、

「身に覚えのないことで咎《とが》められるとは心外である。証《あかし》を見せろ！」

と凄み、同心が口ごもるや、

「無礼者！」

と、大音声《だいおんじょう》で一喝《いっかつ》。

抜く手も見せずに大刀を振るい、同心の帯を断《た》ち斬った。

一瞬の出来事に絶句した同心の腰から大小が落ち、小袖《こそで》の前がはだけた。

下帯《したおび》の恥ずかしい姿をさらされた同心は、十手《じって》をにぎっていたのだが、立ち向かうどころか、剣の腕に恐れをなして腰を抜かしたものだから、

「それでも町方同心か」

「みっともねぇ！」

などと野次られた。

大勢の人の前で大恥《おおはじ》をかかされた同心は、這《ほ》う這《ほ》うの体《てい》で逃げたという。

月番であった北町奉行所の同心は、この日を境に浪人たちを恐れるようになり、

町役人から訴えが上がっても、見て見ぬふりをするようになっていた。

これに味をしめた浪人たちは、

「花川戸にいい女がいる店がある」

と仲間から聞き、

「ちと遊んでやるか」

意気揚々《いきようよう》と隠れ家を出かけたのだ。

途中で左近とすれ違い、怪《あや》しむ目を向けられたのにも気づかず向かった先は、偶然か、それとも因果応報《いんがおうほう》というものか、小五郎《こごろう》とかえでの店だ。

凄みを利かせた顔で店に入った四人は、迎えたかえでが空いた場所に通す後ろ姿を舐《な》めるように見て、

「あの女だ」

と、顔を見合わせてほくそ笑む。

「酒だ、酒を持ってこい」

長床几《ながしようぎ》に腰かけた四人の注文を受けたかえでが酒を出すと、髭《ひげ》をたくわえた浪人が、あいさつがわりにかえでの尻を触った。

かえでが不機嫌になりながらも、酔客をあしらうようにしてちろりを置く。

これにいい気になった浪人が、

「引き締まったいい尻をしておるな。おい女、ちと付き合え」

などと言い、かえでの手をつかんで引き寄せた。

だが、簡単に捕まるようなかえでではない。

涼しい顔で浪人の手をするりとはずして離れたので、浪人が立ち上がり、

「おい、逃げるな。可愛がってやるぞ」

にやつきながらしつこく迫ろうとした。

かえでが頭の一発でも殴ってやろうかと思った時、外が騒がしくなった。

「鶴岡左内《つるおかさない》！　覚悟！」

小五郎の店の前でした大声に、客たちが立ち上がり、表に目を向けた。

浪人たちの一人が、舌打ちをして外に出ていった。

「どうした！」

残りの浪人もそれに続く。

浪人たちの前には、紋付羽織《もんつきはおり》を着けた侍が三人いた。

そのうちの一人が羽織を脱ぎ捨て、早くも抜刀《ばっとう》している。

「こんなところでやり合うと、お前らものちのち面倒なことになろう。場所を変

えぬか」

言ったのは、最初に出ていった鶴岡と思しき浪人だった。

冷静な鶴岡に対し、大名家の家臣らしき者たちは必死の形相《ぎょうそう》だ。

ここは往来の激しい花川戸町だ。騒ぎに気づいた者たちが集まり、大勢が見ている。

「おい」

藩士の一人が抜刀している仲間に声をかけると、さすがに場所が悪いと思ったらしく、鶴岡を睨《にら》みながら言う。

「逃げずに、正々堂々と勝負しろ」

「承知した」

鶴岡は応じて、あっちだとばかりに顎《あご》を振った。

刀を納《おさ》めた藩士が、

「案内しろ」

抜かりなく浪人たちの背後に回り、仲間と共に鶴岡のあとに続いた。

店の出口で見ていたかえでの後ろに、いつの間にか小五郎が立っていた。濡れた手を拭《ふ》きながら言う。

「気になるので見てくる。店を頼む」

「はい」

うなずいたかえでの顔は、浪人たちをあしらっていたものとは別人のように険しくなっている。

藩士たちを案内していた鶴岡が、他の浪人たちに振り向き、悟られないよう一人一人に目顔で告げる。

小さくうなずいた浪人たちが、後ろの気配を気にするように目を配り、急に走り出した。

「逃げるか！」

「臆病者《おくびようもの》！」

意表を突かれた藩士たちが怒鳴り、あとを追う。

通りからはずれた浪人たちは、寺町を抜けて浅草寺《せんそうじ》裏まで逃げたところで、竹《たけ》藪《やぶ》の中に踏み込んだ。

藩士たちも続けて踏み込む。

「待て、待たぬか！」

追いついた藩士が抜刀し、浪人の背中に斬りかかろうとした時、目の前の浪人が、ぱっと横にそれた。

追うのに必死で他の浪人に目が届いていなかった藩士は、目の前にしゃがんでいる浪人に気づくのが遅れた。

「うおっ！」

と驚いた時には、先に走り待ち構えていた鶴岡が、下から刀を振り上げる。

腹を斬られた藩士は目を大きく見開き、腹を抱えるようにして倒れた。

「おのれ！」

追いついた藩士たちが、仲間を倒した鶴岡に斬りかかろうとしたが、鶴岡は機敏にきびすを返して逃げた。

倒れた仲間を跳び越して追う藩士たち。

藪をかき分けて進もうとした時、突然左右から現れた浪人に襲われた。

藩士たちは慌《あわ》てて刀を振るった。

刀がかち合う音が竹藪に響き、

「ぎゃあああっ」

「ううっ」

二人の藩士は抵抗むなしく浪人に斬られ、藪の中に突っ伏した。

一足遅れてあとを追った小五郎は、逃げた浪人と藩士たちを見失っていた。

町の者に訊きながら、浅草寺裏の竹藪に辿《たど》り着いた時、道に這《は》い出てくる藩士の一人を見つけ駆け寄った。

「おい、しっかりしろ」

小五郎に声をかけられた藩士が、苦しそうな呻《うめ》き声をあげた。

竹藪の中に入ると、他にも倒れた藩士たちの姿が見える。

駆け寄ってみるが、二人はすでにこと切れていた。

浪人たちの姿がなかったので、小五郎は這い出していた藩士のところへ戻り、うつ伏せに倒れている首に手を当てた。

血筋が動いているのを確かめて、傷の具合を見る。背中に傷はなく、仰向《あおむ》けにさせると着物が血に染まっていた。

下腹から斬り上げられ、脇差のあたりで刃《やいば》が止まったようだが、出血がひどい。

小五郎は、騒ぎを聞いて道に出てきていた百姓に声をかけて、ひとまず藩士の命を救おうと考えた。

三

谷中のぼろ屋敷に帰っていた左近は、茶簞笥《ちゃだんす》に納めていたはずの熱冷まし薬を探したのだが、

「どこだったか」

徳川《とくがわ》将軍家親藩《しんぱん》の殿様らしからぬ慌てようで、部屋中の入れ物をひっくり返し、やっと見つけた。

しかし包みを開いてみると、茶色だった薬は真っ黒に変色し、鼻につく臭いを発している。

何で作ってあるのか知らない左近は、このような物をお琴の口にさせてはならぬと、囲炉裏《いろり》の灰に捨てた。

外はすでに西日が強くなり、家の中は薄暗くなっている。

夜になるとさらにお琴の熱が高くなると案じた左近は、ここはやはり東洋を頼るしかないと思い、谷中からくだった。

北大門町の東洋宅を訪ねると、留守番の老爺ではなく、女中のおたえが出てきたので、左近は安堵《あんど》した。

「東洋に薬を頼みたいのだが」

するとおたえが、心配そうな顔をした。

「どこかお悪いのですか」

「おれではない。お琴が風邪をひいて熱があるのだ」

「それはいけません。今、先生をお呼びしてきますので、お上がりください」

案内された奥の客間で待っていると、程なく東洋が現れた。

左近の前に正座し、頭を下げて言う。

「昼間はご無礼をいたしました」

老爺から藤色の着物を着た浪人が訪ねてきたと聞いて、東洋はすぐに左近だとわかったらしい。

「お琴様が、お風邪をお召しになられたそうで」

「うむ。熱もあるのでよい薬を頼む」

「かしこまりました。少々お待ちを」

東洋が薬の支度に行くのと入れ替わりに、小五郎が廊下に座ったので、左近は驚いた。

「小五郎、来ていたのか」

「はい」

「かえでも風邪をひいたのか」

「いえ、怪我人《けがにん》を連れてきたのですが……この者がどうにも哀《あわ》れでなりませぬ」

珍しく小五郎が感情を面《おもて》に出したので、左近が子細《しさい》を訊いた。

小五郎は、四人連れの浪人が店に来たところから包み隠さず話し、斬られた藩士が東洋の治療を受けている途中で意識を取り戻し、苦しみながら名乗ったことを教えた。

「筑尾幸六《ちくおこうろく》と名乗りました侍は、摂津尼崎藩《せっつあまがさきはん》の者でございます」

「尼崎藩といえば、青山大膳亮《あおやまだいぜんのすけ》の家臣だな」

「はい」

「浪人者と大膳亮の家臣が刀を交《まじ》えたのは、行きずりの揉《も》めごとではなく、怨恨《えんこん》だと……。その根拠は」

「意識が朦朧《もうろう》とする中で、妹の仇《かたき》、と、うわ言に何度も言うておりましたものですから」

筑尾は苦しみに呻いていたが、次第に意識が遠のきはじめ、今は眠っているということ。

いかと」

「袴《はかま》の裾《すそ》は擦《す》り切れ、羽織も垢《あか》に汚れていますので、仇討《あだう》ちの旅をしたのではな
「江戸で見つけて本懐《ほんかい》を遂《と》げようとしたが、返り討ちにされたか」

「気になるのは、江戸詰と思しき藩士が、助っ人についていたことです。筑尾殿を斬ったのは鶴岡という男だそうですが、傷口からしてかなりの遣《つか》い手《て》。近頃、駒込あたりに出没して悪さをする浪人の一味がいると聞いておりますが、その中に剣の達人がいるそうです。おそらく、この者たちではないかと……」

四人で店に来たと聞いて、左近はすぐに不忍池のほとりですれ違った者たちの顔が頭に浮かんだ。

「そ奴らの中に、目つきの鋭い髭面《ひげづら》の男が一人いなかったか」

左近が訊くと、小五郎が驚いた。

「殿がご存じの者でございますか」

「いや、すれ違った時に、いやな目をしていたので覚えている」

「おそらくその者たちが、鶴岡左内の一党です」

左近はうなずいた。

そこへ薬を用意した東洋が戻ってきて、左近に袋を渡した。

「熱が高い時に煎《せん》じてお飲みいただければ、楽に眠れます」

「すまぬ」

左近に応じて頭を下げた東洋が、小五郎に告げる。

「先ほど、筑尾殿が目を開けられましたぞ」

「それはよかった」

しかし、東洋が浮かぬ顔をしているので、小五郎が訊く。

「助かりますか」

東洋は首を横に振る。

「血を失いすぎておるので、どうにも脈が弱い。今日明日が山となりましょう」

「さようでござるか」

小五郎に東洋が言う。

「筑尾殿が礼を言いたいと申されているが、いかがいたす」

「話せますか」

「少しなら」

うなずいた小五郎が、左近に顔を向ける。

「助けたのも何かの縁。詳しいことを聞きとうございます」

「うむ。ならばおれも行こう」

左近はおたえに頼んでお琴に薬を届けてもらい、小五郎と東洋と共に筑尾に会うことにした。

部屋に行くと、青白い顔をした筑尾が小五郎に目を向け、続いて左近を見た。

小五郎が自分の友人だと言い、左近は名乗った。

筑尾は左近に顎を引く。

「小五郎殿、世話になった。礼を申す」

「なんの」

「わたしとしたことが、不覚を取った。情けない限りだ」

筑尾は死を悟っているのか、悔しそうな顔で、目に涙を浮かべている。

「筑尾様、どうしてこのようなことになったので？」

「とても話せるようなことではない」

筑尾はそう言ったが、小五郎はあきらめなかった。

「鶴岡左内は、妹さんの仇なのでしょう」

うわ言で何度も口にしていたと教えると、筑尾がうなずいた。

「鶴岡左内は江戸でも悪事を働いている。この世にいてはならぬ大悪党だ。奴さえいなければ、妹は今頃――」

「妹夫婦の仇を討たねば、死んでも死にきれぬ」

筑尾は嗚咽《おえつ》した。

「何があったのか話してみぬか」

左近に言われて、筑尾が神妙な顔をした。

小五郎がすかさず口を挟む。

「こちらのお方が、力になってくださいますよ」

「助けていただいたうえに、迷惑はかけられぬ」

筑尾が話すのを拒《こば》むので、小五郎は首を横に振った。

「そうおっしゃらずに話してみてください。旦那は、悪党がのさばるのを許さぬお方です。仇が悪党なら、必ず成敗してくださいます」

「遠慮はいらぬぞ、筑尾殿」

左近が言うと、筑尾は目をつむって考えていたが、ゆるりと瞼《まぶた》を開き、

「もうよいのです。しくじったのはそれがしの不覚。助っ人をしてくれた同輩たちと妹夫婦には、あの世で詫《わ》びます」

さらに訊こうとした左近を、東洋が止めた。

「もう、これまでとさせてください」

息が苦しそうな筑尾の脈を取り、薬を浸《ひた》した手拭《てぬぐ》いを口に近づけた。

「ささ、少しだけでも飲みなされ。今は眠ることじゃ」

「かたじけない」

大きな息を吸って吐く筑尾の様子を見て、左近は小五郎を促《うなが》して外に出た。

「鶴岡左内の居所を探れ」

「かしこまりました」

小五郎が去ると、左近は根津の屋敷へ帰った。

四

尼崎藩江戸家老の越名兼続《こしなかねつぐ》が甲府藩の浜屋敷《はまやしき》を訪れたのは、夜も更《ふ》けた頃だった。

根津の甲府藩邸から使者が訪れたことを知らされた越名は、

「何、甲州《こうしゅう》様がお呼びとな」

と、突然の呼び出しに首をかしげながらも、

「殿とご昵懇《じっこん》の間柄であらせられる甲州様がお呼びとあらば、何はさておきまい

らねば」

と言って支度を急ぎ、わずかな供を連れて馳《は》せ参《さん》じた。

浜屋敷の一室に現れた左近の着流し姿を見て越名は驚き、

「こ、甲州様、そのお姿は、なんのお戯《たわむ》れにございますか」

ぎょろ目をくるりと回した。

左近は真面目な顔で膝を突き合わせた。

「今宵《こよい》は、綱豊《つなとよ》と思わずに聞いてくれ」

「はあ？」

「これから言うことは、悪人を許さぬ素浪人が申すこととして聞いてくれ。よいな」

勘のいい越名は左近の意図を飲み込み、無言でうなずく。

左近は、筑尾が鶴岡と斬り合い、大怪我をして甲府藩御殿医のもとで養生《ようじょう》をしていることを告げた。

するとと越名は絶句し、左近に頭を下げる。

「まさか、甲州様にご迷惑をおかけしているとは……。この越名、皺腹《しわばら》かっさばいてお詫びいたしますゆえ、平にご容赦《ようしゃ》を」

「言うたはずだぞ、越名。おれは素浪人だ。腹を切るなどと言われても困る」

「しかし」

「そなたに来てもらったのは、責め立てるためではない。おれは悪人を成敗し、筑尾殿の無念を晴らしてやりたいのだ」

「ははあ。甲州様の世直しのことは殿からうかがっておりますが……おそれ多いことにございます」

「越名、何度言わせる」

「はは。ご浪人様、でございましたな」

越名が引きつった笑みを浮かべ、改めて言った。

「しかしながら、我が藩のことで甲州様のお手をわずらわせるわけにはまいりませぬ。鶴岡のことは当方で片をつけますので、どうかお見守り願いまする」

「その様子だと、鶴岡は尼崎藩の者か」

越名がぎくりとして、ぎょろ目を泳がせた。

左近がすかさず突く。

「鶴岡は、江戸で悪事を働いている浪人どもを束ねている。筑尾殿のようなことがふたたび起きれば、いずれ上様の耳に届くぞ」

「そ、そうならぬように、早急に鶴岡を斬りまする」

「まあ、そう慌てるな。おれの手の者が悪党どもの居所を探っておるゆえ、程なく見つかろう。藩の者が動けばことが大きくなり、上様のお耳に届くのが早まるかもしれぬ。鶴岡のことは、この浪人にまかせておけ。むろん、大膳亮殿には内緒でな」

「それでは、それがしが叱《しか》られます。いや、この老《お》いぼれがどうなろうとよろしいのですが、甲州様……ではなく、ご浪人様のお手をわずらわせたことを殿がお知りになられましたら、責を負って腹を召されるやもしれませぬ。殿はそういうお方です」

生真面目《きまじめ》な大膳亮の気性を知っている左近は、うなずきつつも続ける。

「そちと筑尾殿が黙っておれば、国許《くにもと》におられる大膳亮殿の耳には入らぬ」

「し、しかし」

「ここは、おれにまかせてみぬか。堀田《ほった》大老と大膳亮殿とのこともある。藩のためにも、今は騒ぎを起こさぬほうがよい」

左近が意を含んで言うと、越名がはっとした。

「ご存じでございましたか」

「うむ」

徳川譜代《ふだい》大名の青山家当主の大膳亮は、堀田大老から目をつけられているのだ。

その発端《ほったん》は、大膳亮が漏らした堀田への不満である。

——絶大な権力を手にした堀田大老は、近頃傲慢《ごうまん》ではないか。

と、陰口をたたいたのが、堀田の耳に入ったのだ。

確かに大膳亮の言うとおり、堀田には、

「綱吉《つなよし》公を将軍にしたのは、このわし」

という自負があり、幕府では絶大な発言力を有している。

ゆえに、綱吉にも遠慮なく物を言うものだから、

「あ奴め」

と、綱吉も顔をしかめる時があるほどだ。

先日も、堀田が綱吉に何ごとか言上《ごんじょう》して閉口させたらしいとの噂《うわさ》が流れた。

このことで、綱吉が堀田を疎《うと》んじていることが、老中や若年寄《わかどしより》たちの耳に届いてしまい、

「偉そうに」

と、堀田の陰口をたたく幕臣もいるのだ。

だが、大膳亮の堀田に対する不満は、単に時勢に乗ったものではなく、別にあった。

それは今年の正月のことだ。

大膳亮が持病を理由に隠居し、身体の弱い長男の幸実《よしざね》ではなく孫の石之助《いしのすけ》に家督《かとく》を譲りたいと願い出た時、綱吉は許したにもかかわらず、堀田が待ったをかけて、許しが得られなかったのである。

納得できない大膳亮は、理由を訊いた。

すると堀田は、嫡男《ちゃくなん》が健在なところに孫が継ぐのはおかしかろう、と言い放った。

だが、理由がそれだけではないことは、大膳亮にはわかっている。

以前、体調を崩して寝込んでいる大膳亮を左近が見舞った時に、物悲しげに話したことがあった。

「わたしは昔から、筑前《ちくぜん》（堀田）様に嫌われておりますから、楽隠居は一筋縄《ひとすじなわ》ではいきますまい。長生きをしたいとは思うておりませぬが、せめて石之助が親になるまでは生きていたいものです」

加えて、こうも口にした。

「堀田筑前守は、隠居をさせずに参勤交代《さんきんこうたい》の旅をさせて、わたしが死ぬのを待っておられるのです」

その時の大膳亮は、気持ちの面でも追い込まれていたのだろう。

意地になり、病気を理由に参勤交代の日延《ひの》べを申し出ず、無理をしたため、国許に帰って程なく倒れてしまい、今も病床に臥《ふ》している。

身体も気力も弱っているこんな時に、元尼崎藩の者が江戸で悪事を繰り返していると知れば、大膳亮は早まったことをするに違いない。

左近はそのことを案じて、悪党どもを密《ひそ》かに成敗しようとしているのだ。

「よいな、越名。悪党は必ず成敗するゆえ、藩は手を引け」

左近の温情に目を赤くした越名が、

「は、ははあ」

と頭を下げる。

畳についている越名の手に光る物が落ちたのを見た左近は、越名の感情が落ち着くのを待って声をかけた。

「ひとつ教えてくれ」

「はは、なんなりと」

越名が手のひらで頰《ほお》を拭《ぬぐ》ってから顔を上げた。

左近は真顔で訊く。

「筑尾殿はうわ言で鶴岡のことを妹の仇と言うておったらしいが、何があったのだ」

「そ、それは……」

越名は戸惑っていたが、左近にすべてを打ち明けた。

二年前まで、鶴岡左内は尼崎藩の国許で目付役《めつけやく》をしていた。

代々目付役の家柄である鶴岡家は、先代までは優《すぐ》れた人格者として知られ、藩主の大膳亮からも絶大な信頼を得ていた。

そんな家柄に生まれ家督を継いだ鶴岡左内であるが、この者だけは厳格な先代たちとは違っていた。

目付役という立場を利用して藩士の弱みをにぎり、ことを揉み消してほしければ金を出せと脅し、相手の妻娘《さいし》に自分の気に入った者がいれば差し出させてなぶりものにする、といった悪事を働いていたのだ。

急に羽振りがよくなった鶴岡を不審に思い、同じ目付役の須本《すもと》が身辺を調べはじめた。この須本家は、筑尾の妹が嫁《とつ》いだ家であった。

むろん隠密裡《おんみつり》に調べを進めていたのだが、狡猾な鶴岡はなかなか尻尾《しっぽ》をつかませず、難儀していた。

だが、須本はあきらめなかった。そしてついに、絶好の機会が訪れた。

鶴岡に脅され、娘と金を差し出して地獄の苦しみに耐えていた藩士が、須本に助けを求めてきたのだ。

勘定方のその藩士の弱みは、最初は些細《ささい》なものであった。

酒に酔ったあげく、町家に入り眠ってしまったのだ。

物音に気づいた家の者が騒いだところに、鶴岡がたまたま通りかかり、その場を収めた。

後日、その藩士を呼び出した鶴岡は、言うとおりにしなければことを明るみに出して罰を与えると脅し、金銭と娘を差し出させた。

それは実に二年にも及び、しまいには藩の金を盗むよう命じられたので、藩士は罰を受けるのを覚悟で、鶴岡を調べている須本に訴え出たのだという。

密かに調べていた須本であったが、義兄の筑尾にだけは、鶴岡のことを話していた。逆にいえば、筑尾以外に調べを知る者はいないはず。

それゆえ、藩士が須本に、鶴岡を調べているのだろうと言った時には、とても驚いた。

須本の話を聞いた筑尾は怪しみ、くれぐれも気をつけるよう忠告したが、若くて熱血漢の須本は、鶴岡の悪事を暴《あば》きたい一心で、ふたたび藩士と接触し、さらに詳しい話を聞いた。

そしてついに、動かぬ証をつかんだのだ。

「鶴岡に腹を切らせる」

須本は藩士にそう約束し、藩の重役に訴えるべく、鶴岡の悪事をまとめはじめた。そしていよいよ明日、鶴岡の悪事を明かすという時に、襲われてしまったのだ。

夜中に役宅へ忍び込んできた鶴岡が、寝所を襲撃して須本を斬殺し、逃げようとした筑尾の妹を、その場で手籠《てご》めにしてから殺した。

この惨事は、妹夫婦を案じて翌朝訪ねた筑尾が見つけていた。まだ息があった須本が、今わの際に鶴岡にやられたと言い残していたのだ。

そして夜襲を仕掛けたのは、鶴岡一人ではなく、二人。

もう一人は、なんと須本に訴え出た勘定方の藩士だったという。

須本が自分を探っているらしいと気づいた鶴岡が、かねてより弱みをにぎり、従わせていた勘定方の藩士を使って確かめさせたのだ。

その勘定方の藩士は、翌日、死体で発見されている。首を吊っていたその者の足下《あしもと》には、揃《そろ》えられた草鞋《わらじ》の上に、藩の金を奪ったという内容の遺書が置いてあった。

調べたところ、藩の金が二百両ほどなくなっていたという。

「ですが、旅装束《たびしょうぞく》で首をくくる者がおりましょうか。あれは用ずみとなった者を、鶴岡が殺したに違いないのです」

越名の話を聞いた左近は、筑尾と妹夫婦の無念を想い、胸が締めつけられた。

「……二年でございます」

越名が目を赤くして言う。

「仇討ちを許された筑尾は、二年をかけてようやく鶴岡を見つけたと言うものですから、必ず討て、と助っ人をつけたのでございます。まさか、鶴岡が無頼者と徒党を組んでいようとは思いもしませんでした」

「よう話してくれた」

左近がねぎらうように言うと、越名が膝を進めた。

「筑尾の怪我は、軽いのですか」

左近は黙って首を横に振った。

すると辛《つら》そうに目を閉じた越名が、うつむいて手の甲を鼻に押し当て、声を殺して肩を震わせた。

「む、迎えに、行きとうございます」

涙声で乞《こ》う越名に、左近は言う。

「今、動かすのは、寿命を縮めるだけだ。身内の者は、江戸におらぬのか」

「おりませぬ」

「さようか。国にはおらぬのか」

「老いた母親がおりましたが、三月《みつき》前にこの世を去りました。筑尾には仇討ちのあとに伝えるつもりでおりましたので、まだ当人は知りませぬ」

左近はうなずいた。

「では越名、家老のそちが親がわりとなって、あとを頼む」

「承知いたしました」

「なんとしても、鶴岡に天罰がくだされたことを、筑尾殿に伝えてやりたい。それまで、そばについていてやってくれ」

「はは」

越名が頭を下げた。

左近は小姓《こしょう》に、越名を筑尾のところに案内するよう命じた。

越名が左近の前から下がると、廊下に間部が現れた。

片膝をつき、何か言いたげな顔をしている。

「止めても無駄だぞ」

「止めませぬ」

間部が即座に言い返す。

「そのかわり、それがしにもお供をさせてください」

「こたびは目立たぬほうがよい」

左近は安綱をにぎって立ち上がり、廊下に出た。谷中のぼろ屋敷に行くと言って歩みかけ、ふと後ろに目を向ける。

「間部」

「はは」

「余《よ》の留守を頼む」

左近があとのことを託すように告げると、間部は明るい顔を上げた。

五

同じ夜。

下駒込村《しもこまごめむら》を流れる谷戸川《やとがわ》のほとりにある荒れ寺の中から、女の呻き声がした。

周りは田圃《たんぼ》と畑ばかりで人家はない。

星や月が見えぬ夜ともなれば、このあたりは真っ暗闇で気味が悪く、近づく者は一人もいない。

そんな寂しいところに、人々から忘れられて朽《く》ち果てようとしている寺があるのだが、今宵の本堂の中は異様な熱気が籠《こ》もっていた。

蠟燭《ろうそく》の頼りない明かりの中で、押さえつけられて身動きを封じられた女が、鶴岡に手籠めにされていた。

呆然《ぼうぜん》と天井を見据《みす》えるだけの女の横で、若い女が押し倒されて絶叫したのだが、誰の助けが来るでもなく、浪人どもから辱《はずかし》めを受けている。

この哀れな女たちは、鶴岡に攫《さら》われたのだ。

鶴岡は、筑尾を返り討ちにした興奮が冷めやらぬうちに、

「女を攫う」

そう言って、駒込の料理茶屋「とみ屋《や》」に行き、酒をたらふく飲んだ。

夜が更け、店の客が帰ると、料理にごみが入っていたなどと難癖をつけて店の主人を脅して金を出させ、かねてより目をつけていた主人の女房と小女《こおんな》を攫ったのである。

追いすがる店の主人に殴る蹴るの暴行を加えて倒し、女たちを寺に連れて帰るなり押し倒したのだ。

鶴岡という男は、仲間が顔をしかめるほど異常な性癖を持っており、首を絞《し》め、生きるか死ぬかの瀬戸際で苦しむ女の顔を見て楽しんでいる。

この悪い癖は、筑尾の妹を殺した時からはじまっていた。初めて女を手にかけた感触が、忘れられないのだ。

まさに、乱心している。

今も、とみ屋の女房の首に手をかけたので、見かねた仲間が手をつかんだ。

「おい、殺してはだめだ。女は殺すな」

すると鶴岡が、

「邪魔をするな！」

と叫びながら半狂乱になって仲間に飛びかかり、殴り倒した。

その隙《すき》に裸のまま外に逃げようとしたとみ屋の女房であるが、鶴岡に当て身を食わされて気絶し、床に突っ伏した。

そんな中、一人黙然《もくねん》と酒を飲んでいた江藤《えとう》某《なにがし》という浪人が、裸体をさらして倒れる女に着物を投げて隠してやり、鶴岡に言う。

「今日の奴らは、尼崎藩の者か」

鶴岡はこの男には一目置いているだけに、おとなしくなった。

「そうだ。それがどうした」

答えた鶴岡は江藤の隣へ座り、酒をがぶ飲みした。

手の甲で口を拭う鶴岡に、江藤が顔を向けて続ける。

「追われているわけは訊くまい。だが、藩の討手《うって》を斬ったからには、次の討手が出されるはず。見つかる前に、江戸を出たほうがよいのではないか」

「隠れるには、人が多い江戸がうってつけだと思うが」

鶴岡が言うと、江藤が首を横に振る。

「人が多いのは、何も江戸だけではない。尼崎に近い上方《かみがた》ははずすにしても、北は仙台《せんだい》、北陸ならば、加賀《かが》百万石のご城下もある」

「どちらも江戸には劣る。駒込から渋谷《しぶや》あたりに隠れ家を変えても、見つかりにくいと思うが」

「だが、いつまでもこのようなことをして暮らせはせぬ。どうだ、わしの故郷、金沢《かなざわ》に行き、道場破りでもせぬか」

「道場破り？」

なぜそのようなことを、と言いたげな鶴岡に江藤が続ける。

「わしが通っていた道場が空き家になっている。城下の道場を片っ端からたたき潰して名をあげれば、門弟が集まろう。おぬしの腕なら前田《まえだ》家の剣術指南役も夢ではないと思うが、どうじゃ」

鶴岡はしばし考えると、含んだ笑みを浮かべた。

「宮仕《みやづか》えをするつもりはさらさらない。だが道場のあるじは悪くない。しかしそれには、まとまった金がいるぞ」

「それよ。金を作るのに、この女を使わぬ手はない」

江藤が声音《こわね》を落とし、鶴岡に知恵を授《さず》けた。

「とみ屋のあるじに、女房を殺すと脅して五十両ほど持ってこさせ、受け取ったあとに殺してしまうのよ。そして女どもは、女郎屋《じょろうや》に売り飛ばす。この上玉だ、うまくやれば、二人で五十両にはなると思うが」

「合わせて百両か。それだけあれば、元手にはなる」

言った鶴岡が目を細め、江藤を見た。

「よくもまあ、そのような悪事を思いつくものだ」

「ふふ、ふふふ。女を殺さなくてよかったであろう。金沢では、もっと儲《もう》けさせてやるぞ」

「それは楽しみだ」

鶴岡は女の白い腰巻を引き寄せて裂き、紙のかわりにして筆を走らせると、仲間を呼び、金を奪う手はずを伝えた。

布切れを懐《ふところ》に入れた仲間がうなずき、寺から駆け出たのは深夜になろうかという頃だった。

六

瀕死《ひんし》の筑尾幸六から、鶴岡の一味は駒込の周辺によく出没すると聞いていた小五郎は、配下の者に探らせつつ、自らも見廻っていた。

日暮れ時から煮売り屋などを回り、悪事を働く浪人たちの噂を拾って集めるうちに、

「外道め」

と、思わず吐き捨ててしまうほどの悪党ぶりを耳にした。

地元の裏稼業を牛耳《ぎゅうじ》る香具師《やし》の元締《もとじ》めでさえ、

「奴らには、関わりたくねぇ」

と顔をしかめるほどだ。

筑尾の無念を知る小五郎は、一刻も早く見つけ出したいと思い、夜中の道を北に歩んでいた。

先ほどかえでが来て、探索をしていた配下の話を伝えてきた。なんでも、浪人たちが女を連れ去るのを見た者がいるという。

手がかりを追って、かえでと二人で寝静まっている町の通りを歩んでいると、辻《つじ》に明かりが差し、曲がってきた者がいた。

その者は、破れぢょうちんを手にしている。

夜目が利く小五郎は、二本差しだと即座に見抜き、かえでと店の軒先に入って、暗がりに身を隠してやりすごそうとした。

前から来る者は小五郎たちの存在に気づかず、目の前を通り過ぎていく。

髭面の浪人を見た小五郎が、かえでと目を合わせた。

かえでは、間違いないとばかりにうなずく。

目の前を通り過ぎたのは、かえでの尻を触った男だ。

顔を覚えていた小五郎は、かえでと共に浪人の跡をつけた。

夜道を急いでいる浪人は、とみ屋の前で立ち止まると、あたりを見回した。小五郎たちに物陰から見られているとは気づかず、浪人は人通りがないのを確かめると、閉《た》てられていた戸の油障子を破り、何かを投げ入れた。

そのうえで中の様子を探っていたが、拍子木《ひょうしぎ》をたたきながら火の用心を唱《とな》える声が近づいてきたので、浪人は立ち去った。

来た道を帰る浪人を見ていた小五郎が、かえでに命じる。

「跡をつけろ」

「はい」

応じたかえでが、浪人を追って闇の道に歩み出る。

小五郎は火の用心を唱える町の者が去るのを待って、店の前に行った。

破られた障子から中をのぞいてみる。

奥に明かりが見えるのだが、人が出てくる様子はない。

投げ文《ぶみ》《な》がされたに違いないと思った小五郎は、裏に回って店に忍び込み、浪人が投げ入れた物を探した。

土間に落ちている白い物を見つけて拾うと、石を包んでいた布に何か書いてある。

奥から漏れている明かりを頼りに目を通した小五郎は、内容に驚き、鋭い目をする。

奥から男の泣き声がしたのは、その時だった。

小五郎が声がしたほうに近づき、障子の隙間《すきま》から中の様子をうかがうと、細身の男が包丁で首を斬ろうとしているではないか。

「おい、やめろ！」

障子を開け放ち声をあげると、驚いた男が目を丸くした。

すかさず飛び込んだ小五郎が、男の手首をつかんで包丁を取り上げる。

「な、何をなさいます」

男が包丁を取り返そうとしたので、小五郎が頰を一発たたいた。

「気をしっかり持て」

すると、男が涙目を向けた。

何かを訴える顔をしているが、動転《どうてん》して言葉が出ないようだ。

小五郎は、気持ちを落ち着かせるために声をかけた。

「お前さん、名は」

「きゅ、九兵衛《きゅうべえ》でございます」

「九兵衛さんか。死のうとしたわけは、家の者が攫われたからだな」

無言でうなずいた九兵衛が、絶望の声で小五郎に言う。

「女房とおちよが、浪人者に――」

九兵衛は歯を食いしばってうつむき、嗚咽を漏らした。

「攫われたのは二人か」

「はい」

「女房が攫われたというのに、なぜ死のうとした。死んでしまっては助けられないだろう」

「奴らに攫われて、生きて戻った者はいないと聞いたものですから」

噂を聞いて絶望し、早合点《はやがてん》した九兵衛は、女房のあとを追おうとしたらしい。

「落ち着け。二人とも死んではいない」

「えっ」

目を見張った顔を上げた九兵衛に、小五郎が白い布を差し出す。

「こいつが今しがた店に投げ込まれたのだ。気づかなかったようだが」

小五郎は言い、書かれていることを声に出して読んでやった。

「明朝五つ（午前八時頃）、線明寺《せんみようじ》に五十両持ってこい。金と引き換えに女たちを返してやる。来なければ、二人の命はないものと心得よ。他言も同様なり」

女房とおちよが生きていると知り、九兵衛の顔が明るくなる。

「よかった。生きていてよかった」

「希望を捨てず、気をしっかり持て」

「は、はい。明日の朝まで待てません。今すぐ金を持って迎えに行きます」

「それは危ない」

「なぜでございます。金さえ出せば、返していただけるのですよ」

「そのように甘い奴らではない。行けば金を奪われ、きっと殺される」

「し、しかしここには、金と引き換えに、と書いてあります」

「お前さんは正直者のようだ。しかし、悪党に正直者などいない。金を手に入れてしまえば、口封じに殺すはずだ」

「そそ、そんな……」

それでも行こうとする九兵衛を、小五郎が止める。

「今も奴らの術中に嵌《は》まり、斬られて生死をさまよっている者がいるのだ。攫われたら生きて戻らないと言ったのは、お前さんだぜ」

九兵衛は愕然《がくぜん》とした。

「で、では、女房とおちよは、どうなるのでございます」

「安心しろ、我らが必ず助ける」

言って立ち上がる小五郎に、九兵衛は救いを求める顔を向けた。

「あなた様はもしや、お役人様でございますか」

小五郎は答えず、

「この投げ文は預かっておく。妙な気を起こさず、ここで待っていろ。くれぐれも勝手に動くな。いいな」

九兵衛に言い置くと、白い布を懐に入れて外に出た。

店の前で待っていると、程なくかえでが戻ってきた。

「奴らのねぐらは、線明寺だな」

小五郎が言うと、かえでがうなずく。

「どうしておわかりに」

「これだ。奴ら、この店の女を二人攫っている」

小五郎が渡した白い布を見たかえでは、すぐに女物の腰巻の生地《きじ》だとわかったらしい。

「これはおそらく、攫われた女の物でしょう」

そう言って懐に入れた。

二人の女が、荒れ寺の本堂でひどい目に遭《あ》わされていることを知らされた小五郎は、女房と小女の身を案じる九兵衛のことを気の毒に思い、険しい顔をする。

「相手は何人だ」

「五人です」

寺の場所を聞いた小五郎は、かえでを左近のもとへと走らせ、攫われた女たちの命を守るために、とみ屋の前から走り去った。

小五郎とかえでがとみ屋の前から去った時、九兵衛は家の奥の部屋に入っていた。

「待っていろよ。今、迎えに行くからな」

九兵衛はぶつぶつ言いながら畳をめくり上げ、床下の土室《つちむろ》から銭壺《ぜにつぼ》を出した。

「銭で命が助かるなら、惜しくない」

こつこつ貯め込んだ銭が入っている銭壺を二つ出して、風呂敷《ふろしき》に包んだ九兵衛は、大事な女房とおちよを助けたい一心で、小五郎の忠告を聞かずに家を出ていった。

七

「とみ屋のような小体《こてい》な店のあるじが、五十両もの金を持ってくると思うか」

戻ってきた浪人が、酒を飲みながら江藤に訊いた。

酒に酔い、まどろんでいる他の浪人たちの中で、鶴岡と江藤は目をぎらつかせている。

訊いた仲間に、江藤が言う。

「とみ屋は小金を貯め込んでいるという噂だ。女房にも惚《ほ》れ抜いているというのだから、持ってこぬはずはない」

「そこまで調べていたか。おぬしとは、これからもうまくやっていけそうだ」

鶴岡が薄笑いを浮かべながら続ける。

「おぬしがすすめた加賀藩だが……所領は百万石だが、金箔《きんぱく》をはじめとする工芸品などの収入を加えれば、実質は百五十万石を超えると、わしは見ている。これは、将軍家に次ぐ大家だ」

「それがなんだと言うのだ」

訊く江藤に、鶴岡が答える。

「お上は財政の立て直しに躍起《やっき》になるあまり、藩に少しでも落ち度があればこれを突き、あわよくば潰そうと狙っている。そのお上にとって、加賀の領地は宝の山。ゆえに落ち度を見つけるため、多くの公儀隠密を潜入させていると聞く」

「前田家とて馬鹿ではない。隠密ごときに隙は見せぬはず」

「そこよ。隠密の目を恐れるあまり、内々で起きる不祥事《ふしょうじ》は決して大ごとにせず、密かに始末するか、黙認する」

「何をたくらんでおる」

江藤が訊くので、鶴岡は手の内を教えた。

「金沢で道場を開いたあかつきには、その名をもって藩の内部に入り込み、外には出せぬ不祥事、あるいは不正の事実をつかみ、脅すのよ。うまくやれば、大金が手に入るぞ」

江藤が目を見開く。

「これは驚いた。おぬし、百万石の大名を脅す気か」

「わしは人の弱みにつけ込むのが得意でな。これまでも、さんざん旨《うま》い汁を吸ってきた」

「追われているくせに、何を言う」

「追われるのは、今の暮らしをしていても同じことよ。だが、藩の者どもを脅すのは、町人を脅すより数倍おもしろい。弱みをにぎってしまえば、昨日まで威張《いば》りくさっていた藩の重役が、家を守るためになんでも言うことを聞きよるからな。大切に育てた娘でさえ差し出すのだ、これほどおもしろいことはない」

「また女か」

江藤は、うんざりしたように鼻を鳴らした。

「おぬしの唯一の欠点は、女への執着だ。そこを改める気はないのか。女を抱きたければ、女郎を相手にすればよかろう」

「女郎は男の扱いを知り尽くしておるゆえ、おもしろうない。怖がらぬのも、気が萎《な》える」

鶴岡が、着物を着せて柱に縛りつけている女たちのそばに行き、刀を抜いた。切っ先を近づけられて怯《おび》える女の顔を見て、異様な笑みを浮かべている。

「この顔よ。たまらぬ」

言った刹那《せつな》、鶴岡は外の気配に気づき、本堂の表側に鋭い目を向けた。

「誰か来たぞ」

鶴岡の声に浪人たちが起き上がり、障子を開けて外へ出た。

床下に潜《ひそ》んでいた小五郎は、本堂の階《きざはし》を駆け下りた浪人たちがかざした蠟燭の明かりの中に、九兵衛の顔を見つけて、

「ええいっ」

止めたのになぜだと苛立《いらだ》ち、気づかれぬように床下を移動した。

風呂敷を大事そうに抱えている九兵衛の前に、鶴岡が歩み出る。

「約束の刻限には、ずいぶん早いが……まさか、役人どもを連れてきたのではあるまいな」

鶴岡は言いながら、用心深げにあたりを見回す。

まだ濃い夜の闇に見えるものはなく、寺の周りに人の気配はない。

「わたし一人でございます。これは、わたしが貯めてきた銭のすべてでございます。小銭ばかりですが、七十両はくだらぬ額が入っておりますので、これでご勘弁を。どうかこれで、女房とおちよをお返しください」

鶴岡は頭を下げる九兵衛をどかせて、銭壺の中身を検《あらた》めた。

「ほほう、確かによう貯めておる。いいだろう、女房と小女を返してやる」

「ありがとうございます」

「本堂の中だ。好きにしろ」

「は、はい」

正直者の九兵衛は、悪党どもにぺこぺこ頭を下げて本堂へ足を向けた。

その背後で、鶴岡が仲間の浪人に目顔で合図を送る。

うなずいた浪人が静かに鯉口《こいぐち》を切り、ゆるりと抜刀して九兵衛の背後に迫った。

右手で刀を振り上げて、背中を袈裟《けさ》懸《が》けに斬らんとしたその時、空を切って飛ぶ手裏剣が浪人を襲った。

「うっ」

浪人がはっと気づいた時には、鋭い刃で喉の血筋を斬られ、血飛沫《ちしぶき》と共に短い声をあげて倒れた。

「何！」

驚いた鶴岡たちの前に、黒い忍び装束に身を包んだ小五郎が現れた。

ぎょっとして声も出ない九兵衛の肩をつかんで後ろにやった小五郎が、

「離れるな」

と厳しい声で告げる。

浪人が一人足りないことに気づいた小五郎は、本堂を気にした。

その懸念《けねん》はすぐにかたちとなり、

「おい、おとなしくしねぇと女の命はねぇぞ！」

本堂の中から、二人の女を連れた浪人が現れた。

髭面の浪人が女たちを座らせ、刀を抜いて後ろで振り上げながら勝ち誇った笑みを浮かべた。だがすぐに、おや、という顔をした。

「てめぇ、煮売り屋の……」

小五郎は答えず、抜かりのない目を左右に配っている。

「お前だけでも逃げろ」

小声で促したが、女房思いの九兵衛は聞かない。

小五郎から離れて、女房のもとへ走った。

「命ばかりは。命ばかりはお助けください」

懇願《こんがん》する九兵衛に舌打ちした髭面の男が、女たちを跳び越して、九兵衛を斬ろうとした。

刀を振り上げたその肩に、背後から飛んできた手裏剣が深々と突き刺さる。

「あっ、うわっ」

振り向いて、激痛に呻きながら刀を落とした髭面の男の前に、本堂の屋根からかえでが飛び降りてきた。

「やっ！」

煮売り屋の女、と言おうとした髭面の顔に、かえでの鉄拳がめり込む。

白目をむいて仰向けに倒れた髭面に軽蔑《けいべつ》の眼差しを向けたかえでが、縛られている女たちのところに行き、

「もう大丈夫」

優しく声をかけて縄を解いた。

「どうやら、鼠《ねずみ》が入り込んでいたようだな」

鶴岡は落ち着きはらっている。

江藤は不安そうな顔で、

「町方か」

と訊いたが、鶴岡は、

「何者でも構わぬ。邪魔者は斬るまでよ」

そう言って刀を構えた。

と、その時――。

「貴様の相手は後ろだ」

暗い境内に響いた声に、鶴岡が振り向く。

藤色の着物を着た新見左近に驚き、鋭い目をして訊く。

「貴様、何者だ」

「決して悪人を許さぬ者。覚悟いたせ」

左近は安綱の鯉口を切って抜刀するなり、猛然と前に出た。

将軍家伝来の葵《あおい》一刀流《いっとうりゅう》を極めた左近の剣気は凄《すさ》まじく、慌てた鶴岡が必死の形相で刀を構えて応戦した。

「つあっ！」

気合を発して、迫る左近に刀を打ち下ろしたが、むなしく空を斬る。

左近は、鶴岡が刀を打ち下ろすより先に懐に飛び込み、胴を斬った。

目を見開いた鶴岡は、信じられぬ、という顔で左近に振り向くと、刀を振り上げた。

しかしそのまま仰向けに倒れ、目を開けたまま絶命した。

恐るべき剣を遣う左近に、江藤ともう一人の浪人は絶句している。

左近は、その者どもに安綱の切っ先を向けた。

「もはや、そのほうらに逃れる術《すべ》はない。おとなしく縛《ばく》につくか、それともこの場で朽ち果てるか」

左近の言葉にうろたえた江藤は刀を捨てて両膝をつき、がっくりとうな垂れた。

もう一人は往生際《おうじょうぎわ》が悪く逃げようとしたが、かえでが投げ打った手裏剣に足の筋を断ち斬られ、悲鳴をあげて倒れた。

「お助けを、命ばかりはお助けを」

叫びながら這って逃げようとする浪人を追ったかえでが、刀で後頭部を峰打《みねう》ちして気絶させた。

鶴岡たちに辛い目に遭わされながらも、命が助かったことを抱き合って喜んでいる九兵衛と女房たちの姿に安堵し、左近は長い息を吐いた。


その日の朝方。

左近は尼崎藩江戸家老の越名と共に、西川東洋のもとで養生している筑尾幸六を見舞った。

筑尾は昨日にも増して顔色が悪く、下座に控えている東洋が、神妙な顔で首を横に振る。

目を潤《うる》ませた家老の越名が、筑尾の手をにぎり、

「筑尾、喜べ。こちらにおわす甲州様が、憎き鶴岡左内を成敗してくだされたぞ。そなたを助けてくださったのは、甲州様じゃ」

そう言って声をかけたところ、筑尾がうっすらと目を開けた。

何か言おうとしているが、声にならぬ。

「わかっておる。礼が言いたいのであろう。甲州様も、そなたの気持ちはおわかりじゃ」

左近がうなずいてみせると、筑尾は安堵の顔をした。

越名が言う。

「殿がそなたをお待ちじゃ。早うようなって国へ帰り、殿の側衆《そばしゅう》として仕えよ。そなたの望みが叶《かな》うのだぞ、筑尾」

筑尾はうなずいたが、こと切れてしまった。

苦難の旅を終えた兄のことを、亡き妹夫婦が迎えに来ていたのか、筑尾の顔は穏やかで、微笑《ほほえ》んでいるようだった。

第二話　血がゆえに

一

本所二ツ目《ほんじょふたつめ》には、五千石大身《たいしん》旗本、夏目丹後守重次《なつめたんごのかみしげつぐ》の抱え屋敷がある。ここも、他の大名の下屋敷や旗本の抱え屋敷と同じく、殿様がめったに顔を出さない。ゆえに、屋敷の番をしている家臣たちは小者が多く、中間《ちゅうげん》にいたっては渡り者がほとんどで、この中間たちの素行は非常に悪い。

中間頭《ちゅうげんがしら》に伝吉郎《でんきちろう》という者がいるのだが、この男は土地のやくざ者と結託し、夜ともなれば中間部屋で賭場《とば》を開き、荒稼ぎをしている。

本来なら夏目家の家臣が咎《とが》めるべきなのだが、抜け目のない伝吉郎は稼いだ金で家臣たちに鼻薬《はなぐすり》を嗅《か》がせて手懐《てなず》け、やりたい放題なのである。

今夜も抱え屋敷の中間部屋からは、博打《ばくち》で熱くなった男たちの声が漏れている。

その中間部屋を母屋《おもや》の廊下から見ているのは、重次の次男の幸四郎《こうしろう》だ。

きりりとした切れ長の目を向けて何を思っているのか、薄い唇《くちびる》には不敵な笑みを浮かべている。

芝居小屋にでも入れば、女形《おやま》の装《よそお》いが似合いそうな顔つきをしているのだが、肩幅は広く、袖《そで》からのぞく腕もたくましい。

今また中間に招かれて、客が入ってきた。

「ふん、鴨《かも》がまた入ってきおったか」

幸四郎は鋭い目を廊下に向けた。

「誰かある！」

すぐに家臣が現れ、幸四郎のそばに片膝《かたひざ》をつく。

「お呼びでございましょうか」

「中間部屋が騒がしい。皆追い出せ」

すると家臣が顔色を変えた。

「お言葉を返すようですが、中間どもが安い手当てに文句を言わず奉公しますのは、別に稼ぎがあるからにございます。それを奪っては、皆出ていくかと」

「貴様、さては金をもらっておるな」

「い、いえ」

「わしに逆らうとは生意気な」

腕組みを解いた幸四郎は自室に入り、愛刀影光《かげみつ》を刀掛けから取り抜刀《ばっとう》した。

「そこへなおれ。刀の錆《さび》にしてくれる」

「申しわけございませぬ。命ばかりは、どうか」

「若様、若様はおられるか」

年寄りの声に、幸四郎が舌打ちをした。

「命拾いしたな」

幸四郎は愛刀を鞘《さや》に納《おさ》めた。

「よいか、わしが戻るまでに中間部屋の掃除をいたせ。目障《めざわ》りな者どもを入れるな」

「はは。そのようにいたします」

幸四郎は愛刀を腰に落とし、きびすを返した。

黒染《くろぞめ》の着流し姿の軽装で夜の町へ出かけようとしたところへ、老臣、梅田《うめだ》長《ちょう》左衛門《ざえもん》が現れた。

長左衛門は幸四郎の姿を見るなり片膝をつき、白髪の目立つ頭を下げる。

「若、今宵《こよい》は雨が降ります。お出にならぬほうがよろしいかと」

幸四郎は、小うるさい老臣に不機嫌な顔を向けた。

「わしを止めようとしても無駄なことよ。年寄りは早う寝ろ」

「若、どうかこれ以上の悪事はおやめください。殿が行く末を案じておられます」

「あのくそ親父が案じているのは己の身のことよ。そこをどけ」

「どきませぬ」

幸四郎は影光の鯉口《こいぐち》を切った。

「どかねば、その首刎《は》ねる」

「名刀影光で斬られるなら本望。この白髪首をさしあげますので、どうかお出かけになるのをおやめください」

幸四郎が抜刀した。

峰《みね》打ちに長左衛門の頭を打つ。

「うっ」

白目をむいた長左衛門が仰向《あおむ》けに倒れるのを見下ろし、

「出過ぎたことを申すから、そのざまよ」

吐き捨てると一人で屋敷を出た。

深川《ふかがわ》にくだり、この世の掃《は》き溜《だ》めのような場所に行くと、人相の悪い連中が幸四郎に気づき、媚《こび》を売る顔ですり寄ってくる。

女郎屋が建ち並び、酔客が常に揉《も》めているような場所で毎夜のように遊ぶ幸四郎は、時には用心棒を頼まれることがある。

酒と女で軽く引き受ける幸四郎は、やくざの喧嘩《けんか》に手を貸して大暴れすることも珍しくない。

その暴れぶりは、まるで日頃溜まった鬱憤《うっぷん》を晴らすがごとく激しく、敵対するやくざの用心棒を、殺すまではいかぬものの、腕の一本も斬り落とすのは当たり前で、相手が二度と手向かいする気にならぬほど半殺しにする。

馴染《なじ》みのやくざの親分にしても、うっかり気を抜けば腰が立たぬほど殴られるので、幸四郎の姿を見るや背中を丸めて、媚《こ》びた笑みを浮かべながら歩み寄ってくる。

そのやくざの親分が子分を引き連れ、肩で風を切りながら歩んでいたのだが、人混みの中に目ざとく幸四郎の姿を見つけて駆け寄った。

「旦那、今日はどのような遊びをお望みで。女でしたら、新顔の上玉がおりやすが」

幸四郎は、揉《も》み手《で》をするやくざの親分を睨《にら》んだ。

「おい、寅《とら》」

「へい」

「今日のおれは機嫌が悪い。ひと暴れしたい気分だ。前に言っていた両国《りょうごく》のなんとかというやくざ者を、これから潰しに行こうか」

すると寅が強面《こわもて》を引きつらせた。四十半ばにしては老《ふ》けている寅は、子分を自分の前に引き寄せて、肩越しに幸四郎を見ながら言う。

「旦那、実はあの野郎とは手打ちしやして。兄弟の契《ちぎ》りを交《か》わしたばかりでござんす」

「ふん、つまらぬ。せっかく縄張りを広げてやろうと思うたのにのう。他に潰す相手はおらぬのか」

「へい、旦那のおかげで、この寅の島《しま》に手出しする者がおりやせんので、今のところは平穏でござんす。いい女をおつけしやすんで、どうぞ存分に遊んでいってください」

「いや、よそう」

遊ぶ気が失《う》せた幸四郎はきびすを返し、来た道を帰りはじめた。

大通りまで見送った寅が、腕組みをして首をかしげ、子分にぼそりと言う。

「今夜の旦那は殺気立っていなさる。こいつは人をお斬りになるな」

子分が刀を振るう真似《まね》をした。

「辻斬《つじぎ》りですか」

「旦那ならやりかねねぇ」

寅は身震いして、子分たちを連れて盛り場に戻った。

まっすぐ屋敷に帰った幸四郎は、堀川のほとりに揺らぐ柳の木の下に身を隠すようにしていた。

程なく見張っている屋敷の裏門から、博打を終えた客が出てきた。職人風の男だったので幸四郎は見逃し、少しあいだを空けて出てきた男に目をつけ、柳の下から出た。

「おい」

声に驚いて振り向いた男は、四十代と思われる。身なりもよく、商家のあるじと幸四郎は見た。

「な、なんでございましょう」

腰を低くする男に、幸四郎はいきなり抜刀し、切っ先を喉元《のどもと》でぴたりと止めた。

「あっ」

息を呑《の》んだ男が目を見張り、恐ろしさのあまり腰を抜かして尻餅《しりもち》をつく。

その眼前に鋭い切っ先を向けた幸四郎が、厳しい声で告げる。

「貴様、誰の許しを得てこの屋敷に入った」

「そそ、それは、ご家来の許しを得てございます」

「中で何をしておった」

「な、何も。ああ、あなた様はいったい」

怯《おび》えきっている男に、幸四郎は切っ先を近づけて言う。

「わしはこの家のあるじ。まさか貴様、あるじの留守をいいことに、博打をしに来たのではあるまいな」

「………」

中に連れ込まれて手討ちにされても仕方のない状況に、男は恐怖に顔を引きつらせ、声も出ない。

「どうなのだ！」

幸四郎の一喝《いっかつ》に、男は道に土下座した。

助けを求めようにも周囲に人気《ひとけ》はなく、ここは必死にあやまるしかないと額《ひたい》を地面に擦《こす》りつけて、命乞《いのちご》いをしている。

「どうか、命ばかりは。お見逃しくだされば、なんでもいたしまする」

幸四郎がほくそ笑む。

「貴様の名は」

「卯右衛門《うえもん》でございます」

「見たところ商家のあるじのようだが、どこの者だ」

「川筋で呉服屋をしております、井出屋《いでや》のあるじでございます」

幸四郎は知らぬ店だが、どうでもいいことだ。狙いはただひとつ。

「井出屋」

「はい」

「明日の夜、千両持ってまいれ。さすれば許す」

「せっ――」

思わぬ大金を要求され、卯右衛門が驚愕《きようがく》して顔を上げた。

「博打などをした己を恨《うら》め。千両持ってこねば、旗本の屋敷に無断で入った罪で、貴様の素《そ》っ首《くび》を刎ねる。よいな」

幸四郎は刀を納めて、屋敷に入った。

「お待ちください、お侍様」

なんとか許しを乞おうと追いすがったが、このやりとりを見ていた中間が駆け出て、卯右衛門を止めた。

卯右衛門は馴染みの中間にすがる。

「伝吉郎さん、あんた、あるじはいないから大丈夫だって言ったじゃないですか」

「確かに、今のお方は殿様じゃない」

「え？　それじゃ、大丈夫なんですね。伝吉郎さん、なんとかしてくれますね」

伝吉郎が辛《つら》そうに首を横に振った。

「あっしもまさか、こんなことになろうとは思ってもみなかった。今のお方は幸四郎様という若様なんだが、今日は機嫌が悪くてね。屋敷のお侍から、しばらく賭場を閉めるよう言われたばかりなんだ。目をつけられたのは……お前さんの運が悪すぎる。あの若様はひどく荒れていなさってね、やくざ者も恐れる暴れん坊だ。恐ろしいことに、平気で人をお斬りになるという噂《うわさ》もある。ここは卯右衛門さん、博打に負けたと思って、千両お支払いしたほうがいい」

「そ、そんな」

「なぁに、お前さんなら千両なんて金、博打ですぐに取り戻せる。その懐《ふところ》の中には、今夜の稼ぎがたっぷり入っていなさるじゃないか」

言われて、卯右衛門は懐を押さえた。十両を元手に荒稼ぎした百両の大金が入っているのだ。

「でも伝吉郎さん、明日の夜までに千両なんて、とてもじゃないが用意できませんよ」

「そいつはあっしにもどうにもならねぇよ。なんなら元締めに頼んでやろうか」

「とと、とんでもない。元締めにそんな大金借りたら、利子だって払えやしませんよ」

「まあ、そういうことだな。借りるのがいやなら、お前さんがなんとかするしかないですよ。こればかりは、あっしら中間にはどうすることもできませんから」

伝吉郎は、これ以上の関わりはごめんだとばかりに卯右衛門の手を振りほどき、屋敷に入った。

懐の百両を足しても、集められるのは七百両がやっとだ。

呆然《ぼうぜん》とする中で算段した卯右衛門は、金を借りるあてを考えながら、夜道を帰りはじめた。

親類縁者の顔が浮かんでは、罵倒《ばとう》を浴びせられる声が、こだまのように頭の中で響いては消えていく。

六百両が店の金蔵にあるにはあるが、実のところ、入《い》り婿《むこ》の卯右衛門が自由にできるはずもなく、使える金は博打で稼いだこの百両のみ。

勝っているうちは自由に遊ばせてくれている女房の怒る顔が目に浮かび、ごま粒のように気が小さい卯右衛門は、

「もう、しまいだ」

気分がどんよりと落ち込み、生きる希望までも失った。

力なく、足を引きずるように家路についていた卯右衛門であるが、堀川の橋を渡る手前で立ち止まり、長いため息をついた。

そして恨めしそうな顔を夜空に向けたかと思えば、きびすを返して、家とは反対の北に向かって歩みはじめる。

源森川《げんもりがわ》に突き当たると左に曲がり、大川《おおかわ》のほうへ歩みを進めた。

川の対岸には、水戸藩《みとはん》蔵屋敷の長い塀が続いている。

卯右衛門は、源森川に架かる橋を渡りはじめたのだが、途中で立ち止まり、欄《らん》干《かん》に両手をついて下をのぞき込んだ。

ゆるやかに流れる川は墨《すみ》のように黒く、その先にある大川に目を向けると、吉《よし》原《わら》帰りの客を乗せた猪牙舟《ちよきぶね》が何艘《なんそう》も明かりを灯《とも》し、静かにくだっていく。

「千両もあれば、大尽遊《だいじんあそ》びだってできたものを」

名残惜《なごりお》しそうにつぶやいた卯右衛門は、両手を合わせて念仏を唱《とな》えた。

二

「妙なのがいるな」

岩城泰徳《いわきやすのり》が新見左近に言ったのは、源森川のほとりにある煮売り屋を出た時だった。

泰徳のお気に入りだということで、本所石原町《ほんじょいしわらちょう》から足を延ばして久々に二人で酒を飲みに来ていた左近は、泰徳が目で追う男が、この世の終わりのような顔をしていることに気づき、共に跡をつけていた。

帰り道が同じ方向だったということもあるのだが、この偶然が人の命を救うこともある。

泰徳が目をつけた男は、源森川に架かる橋の真ん中で立ち止まり、手を合わせて念仏を唱えたかと思うや、欄干に足をかけるではないか。

左近が行く前に泰徳が走り、後ろから抱きついて男を引きずり下ろした。

「放してくださいまし。どうか、どうか」

「死のうとしている者を、はいそうですかと放す奴があるか」

泰徳が腕をつかんで立たせ、橋の袂《たもと》まで男を引っ張ってくる。

「何があったか知らぬが、死んではならぬ」

言って突き放した時に男が転び、懐から小判がこぼれ落ちた。

男は小判を拾いもせず、うな垂れている。

左近が一枚一枚拾ってやり、男に差し出した。

すると、男は涙目を上げて言う。

「お武家様、わたしはどうせ、明日には首を刎ねられる身なのです。助けてもらっても、無駄なのでございますよ」

「盗《ぬす》っ人《と》か」

左近が問うと、

「とんでもございません。わたしは、今日まで真面目にこつこつと働いてきました。井出屋の卯右衛門といえば、誰に訊《き》いたって悪く言う者はいないはずでございます」

卯右衛門は言い、悔しげに地面をたたいた。

左近が問う。

「その真面目な者が、何ゆえ首を刎ねられる」

うな垂れた卯右衛門は、実はかくかくしかじかだと、幸四郎に脅《おど》されたことを話して聞かせた。

旗本家の抱え屋敷の中間部屋で賭場が開かれるのは珍しくもない話だが、あるじの息子がそのことを知り、町人風情《ふぜい》が無断で屋敷に入ったことを不服に思ったのであれば、切り捨て御免とされても文句は言えぬ。

「千両とは、また大金を要求したな」

泰徳が気の毒そうに言い、ふと訊く顔を向ける。

「旗本だと言ったが、肝心《かんじん》なことを聞いておらぬぞ。おぬしを脅したのは、いったいどこの旗本だ。名はなんという」

卯右衛門は、唇を震わせながら答える。

「賭場は、本所二ツ目の夏目丹後守様のお屋敷です。わたしを脅しているのは、そこの若様でございます」

「あのぼんくらか」

泰徳が言うので、左近が顔を向けた。

「知っている者か」

泰徳はうなずいた。

「半年ほど前に、番町《ばんちょう》の拝領《はいりょう》屋敷から引っ越してきたらしいのだが、この者がどうにも手がつけられぬ暴れ者でな。深川あたりの無頼者は、たちまちのうちにひれ伏し、やくざの大親分でさえ、その者の前では子犬のようになっていると聞く」

泰徳の言葉を聞いて、卯右衛門は震えはじめた。

「そのような者に千両出せば、ますますつけ上がる。泰徳、道場で卯右衛門を匿《かくま》ってやれぬか」

左近に言われて、泰徳は快諾《かいだく》した。

だが、卯右衛門が首を横に振る。

「雲隠れしたと知られれば、店に乗り込まれます。女房たちに何かされでもしたら、ご先祖様に顔向けできません。死んでお詫《わ》びしますから、どうぞお構いなく」

「おぬしが死んだとて、そ奴は店に乗り込むのではないか。ここは、おれたちにまかせてみろ。悪いようにはせぬ」

言った泰徳が左近に、共に助けぬかという目顔を向けるので、左近はうなずいた。

「夏目幸四郎のことは、おれが探ってみよう」

左近はそう言って二人と別れ、大川を渡って小五郎の店に向かった。

かえでに通されて奥の長床几《ながしょうぎ》に腰かけると、板場で料理を作っていた小五郎が手を休め、格子戸《こうしど》のそばに近づき、軽く頭を下げた。

左近はかえでが注いでくれた杯《さかずき》を口に運びつつ、客の意識がこちらに向いていないのを確かめ、酒を干す。

「夏目丹後守重次を知っておるか」

小声で訊くと、小五郎は無言でうなずいた。

「無役ですが、五千石の旗本です」

「うむ。その者には幸四郎という息子がいる。この親子を調べてくれ」

「かしこまりました」

小五郎は承知すると、作っていた料理を仕上げて客に出し、

「お客さん、すみません。今日は早じまいをしますので、これを最後にさせてくださ い」

お代をただにして客をなだめた。

店を早じまいして調べに走った小五郎が谷中のぼろ屋敷にやってきたのは、翌日の昼過ぎだった。

「まずは腹ごしらえだ」

言った左近は、囲炉裏《いろり》に火を熾《おこ》して炙《あぶ》った甘鯛《あまだい》の一夜干《いちやぼ》しを飯にほぐし、昆布《こんぶ》で取った出汁《だし》をかけて渡してやった。

恐縮した小五郎が一口食べ、目を丸くする。

「これは、美味でございます」

「かえでが届けてくれた物だ」

「あいつ、いつの間に……」

小五郎は嬉しそうに言い、旨《うま》そうに平《たい》らげた。

左近は熱い酒を注いで小五郎をねぎらい、

「何かわかったか」

訊くと、小五郎は酒を一口含んで、神妙な顔で告げた。

「幸四郎なる者は、岩城様がおっしゃるとおりの暴れ者でございます。夏目丹後守殿も手を焼いているようです」

「それで拝領屋敷を下がらせ、抱え屋敷に厄介払《やっかいばら》いか」

「それが……幸四郎自身が願い出たらしく、丹後守殿が止めるのも聞かずに出てしまったそうです」

「堅苦しい屋敷暮らしに嫌気が差し、町で悪事を働く……これを見逃しておっては、いずれ大きな罪を犯《おか》しかねぬ」

「調べていた時、ひとつ気になることが耳に入ってきました」

「まだ何かあるのか」

「はい。幸四郎には、ご老中、秋山和泉守《あきやまいずみのかみ》様の子ではないかという噂がございます」

秋山和泉守といえば、綱吉も一目置く好人物だけに左近は驚いた。

「それは、どこから出た噂だ」

「丹後守殿の拝領屋敷に奉公する、中間から得た話でございます」

昨夜のうちに拝領屋敷へ走った小五郎は、夜食をとりに出た中間を酔わせて話を引き出していた。

拝領屋敷では長年秘密となっていたらしいが、幸四郎が出ていく時に騒ぎを起こしており、下女にいたるまで耳に入っているという。

老中の血を引く者が市中で騒ぎを起こせば、秋山和泉守といえども、お咎めなしではすまぬことになろう。

左近は真相を確かめることにした。

「和泉守殿に会う」

「はは」

左近は、小五郎に幸四郎を見張るよう命じ、ぼろ屋敷を出た。

一旦根津の藩邸へ戻ったのであるが、待ち構えていた間部詮房が、山のような書類を持って現れた。

「殿、早急にお目をお通し願わねばならぬ事案がございます」

「春の大雨で落ちた甲府の橋のことか」

「はい」

「そのことは、そちにまかせておろう」

「それが、かかる費用がかさみまして。ご裁可《さいか》を賜《たまわ》りたく」

「間部」

「はは」

「費用に糸目はつけぬ。領民のためにも、大水に流されぬ立派な橋にいたせ」

間部が明るい顔をした。

「はは。さようにいたします」

「ひとつ頼む」

「なんなりと」

「余《よ》は秋山和泉守殿に会わねばならぬ。今日中に会えるよう、手配を頼む」

「今日中に、でございますか」

　相手は多忙を極める老中だ。いくら左近の願いといえども、城の役目を曲げてまで会うとは思えない。

　間部はそう言いたそうな顔を一瞬したが、

「ただちに」

　頭を下げて、急ぎ手配に走った。

　左近はそのあいだに、うずたかく積まれた書類の中で、特に急ぎのものだけに目を通した。

　甲府は春先に長雨に祟《たた》られ、橋が流されるなどの被害が出てしまい、米や作物の凶作が懸念《けねん》されたが、この夏の天候に恵まれたおかげで、最悪の事態だけは避けられそうな様子だ。

　それでも治水工事が急がれる場所が数カ所あるため、左近はそれらから裁可をくだした。

書類の仕事をはじめて二刻（約四時間）が過ぎ、すっかり日が暮れて暗くなった。

ふと、左近は卯右衛門のことが気になった。

卯右衛門が約束をたがえたことに腹を立てた幸四郎が、井出屋に怒鳴り込んではいまいか。

よほどの時は小五郎が止めるであろうが、噂どおりの男なら、何をしでかすかわかったものではない。

左近が手を止めて考えているところへ、間部が戻ってきた。

「殿、和泉守殿がお越しになられました」

「何、わざわざ来たのか」

「はい。殿がお会いになりたいとは、尋常なことではないとお察しになられたご様子でございます」

間部はそう言っているが、おそらく何かあると相手に思わせるように伝えたのであろう。

間部は人のこころを動かす巧《たく》みな術《すべ》を心得ていると、左近は見ているのだ。

「松の書院にお通ししてございます」

つるりと澄《す》ました顔で言う間部にうなずき、左近は書院に向かった。

金箔貼《きんぱくば》りの襖《ふすま》に松の絵が見事な書院の下座で、齢《よわい》五十五になる秋山が待っていた。

左近が上段の間に現れると、

「ははぁ」

秋山は神妙に頭を下げ、

「甲州様におかれましては、ご息災《そくさい》のご様子。ご尊顔《そんがん》を拝《はい》し、祝着至極《しゅうちゃくしごく》にございます」

と、堅苦しいあいさつをする。

「呼び出してすまぬ」

左近は一言声をかけて座り、面《おもて》を上げさせた。

「今日は、ちと尋ねたいことがある。近う」

「はは」

秋山が中腰になって近寄り、居住まいを正した。

畳に視線を落としたまま目を合わせぬ秋山に、左近は率直に訊く。

「ちと小耳に挟んだのだが、和泉守殿には隠し子がおるのか」

秋山が目を泳がせた。

「隠し子？　でございますか」

「うむ。名を幸四郎というそうじゃが」

秋山は明らかに動揺した。

見逃さぬ左近であったが、秋山は笑みを浮かべた。

「何かの間違いでございましょう。それがしに隠し子などおりませぬ」

言った秋山は、手の甲《こう》で洟《はな》をすすり、

「もっとも、それがまことでございましたら、どんなに嬉しいことか」

涙声で言うには理由がある。秋山は去年の冬に、一粒種《ひとつぶだね》の息子を病《やまい》で亡くしていたのだ。

「思い出させてしまったようだ。間違いであったなら詫びる。このとおりだ」

左近が頭を下げたので、秋山は慌《あわ》てて尻を浮かせた。

「いえ、よいのでございます。どうか、お顔をお上げくださりませ」

左近が顔を上げると、秋山は安堵《あんど》したような笑みを浮かべた。

「しかし、ようございました。なにぶんにも武骨者《ぶこつもの》でございますので、甲州様がお呼びだと聞きました時は、何か粗相《そそう》があったかと、肝《きも》を冷やしておりました」

「身に覚えがあるのか」

左近が突っ込んで訊くと、秋山はのけ反《ぞ》った。

「滅相《めっそう》もございませぬ。いや、これは言い方を間違えました。この和泉には、なんの落ち度もございませぬので、どうかご勘弁を」

「わかっておる。そちの働きぶりは、上様も一目置かれておるではないか」

「これ以上ない嬉しいお言葉なれど、恐縮するばかりにございます」

「和泉守殿、今日は大儀であった。いずれ、ゆるりと酒でも酌《く》み交《か》わそう」

左近が笑みを見せると、

「楽しみにしておりまする」

秋山は笑みで言い、頭を下げた。

三

本所の抱え屋敷の脇門を潜《くぐ》った幸四郎は、鋭い目を夜道に向け舌打ちをした。

「井出屋め、恐れをなして現れぬか」

別の賭場へ行っていないか確かめようと思いついた幸四郎は、夜道を井出屋に向かいはじめた。

歩みはじめて程なく、背後に気配を察した幸四郎は、

「ふん」

不敵に笑みを浮かべて目をきらりと光らせ、道を変えた。

人気《ひとけ》の少ない場所に追っ手を導くべく、竪川《たてかわ》に架かる二ツ目之橋《ふたつめのはし》を渡り、小名《おな》木川《ぎがわ》にまっすぐ続く道を進んだ。

まだ日が暮れて間もないため、通りには人が多い。

幸四郎は、人混みから不意打ちされぬよう気をつけつつ歩み、小名木川に架かる高橋《たかばし》を渡って、さらに南へくだる。

そして霊巌寺《れいがんじ》門前町の先にある、とある武家屋敷の脇門を潜った。

この武家屋敷は下総《しもうさ》の某大名家の拝領地なのだが、広大な敷地は粗末な土塀《どべい》で囲ってあるだけで、未《いま》だ手つかずのまま、一面はすすきの原になっている。

大名家の敷地ゆえ、町役人などの邪魔が入らないのをいいことに、やくざ者同士の決闘に使われ、時には果たし合いの場になっているのだ。

粗末な脇門から中に入った幸四郎は、途端に走り、月明かりに夜露《よつゆ》を光らせるすすきのあいだに身を隠した。

程なく脇門が、油が切れた蝶番《ちょうつがい》の金音を響かせる。

警戒して、ゆるりと開けられた門扉《もんぴ》の隙間《すきま》から黒い人影がのぞき、中の様子を見るや、

「おい」

後ろに声をかけ、慌てて中に入った。

続いて入った者が、

「なんだ、ここは」

と言いながら、二、三歩進む。

「あの者はどこに行った」

「わからぬ」

「気づかれたか」

「どこかに隠れているかもしれぬ。油断せず捜せ」

追っ手をすすきの陰から見ていた幸四郎は、顔をしかめた。

「五人か、さすがに分《ぶ》が悪い」

つぶやいた幸四郎は、身を伏せたまま下がり、ある程度の間が空いたところで一気に走り出した。

「いたぞ！」

叫んだ侍が幸四郎を追ったが、生《い》け垣《がき》に開いている穴から外に滑り出た幸四郎は、勝手知ったる深川の町の路地を駆け抜けた。

町を知り尽くしている幸四郎は、細い路地を縦横《じゆうおう》に走る。

追っ手の侍たちは見失うまいと必死に走ったが、路地を曲がった時、幸四郎の姿が忽然《こつぜん》と消えた。

侍たちは抜刀し、警戒しながら進む。だが幸四郎の気配はない。

悔しがった侍の一人が、長屋の戸を開け放ち中に入った。

楊枝《ようじ》作りをしていた職人が驚き、亭主に茶を出そうとしていた女房が悲鳴をあげ、折敷《おしき》を落とした。

土間で割れた湯呑《ゆの》みを一瞥《いちべつ》した侍が、女房に訊く。

「浪人風の男が来なかったか」

顔を引きつらせて首を横に振る女房に苛立《いらだ》った侍が、外に出てあたりを見回す。

「確かに、このあたりに入ったはずだが……」

「捜せ」

頭目《とうもく》に言われて他の者が長屋に入ったが、聞こえるのは住人の悲鳴や、何しやがると罵《ののし》る声ばかりだ。

出てきた侍たちが頭目の侍に、いないと首を横に振る。

「ええい、逃げ足の速い奴だ」

「まあいい、仕切りなおしだ」

一人が苛立ちの声をあげると、頭目の侍がなだめ、皆を連れて立ち去った。

程なく、楊枝を作っていた男が出てきて、路地に侍たちがいないのを確かめた。

戸締まりをするのかと思いきや、部屋の中に向かって言う。

「旦那、いませんぜ」

楊枝職人の声に応じて、部屋の中から幸四郎が出てきた。押し入れか枕屏風《まくらびょうぶ》の陰にでも隠れていたのだろう。褒《ほ》めるべきは、職人夫婦の芝居のうまさだ。

幸四郎は、侍たちが去ったのはどっちだと訊いた。

職人が北のほうを示すと、そちらに顔を向け、

「和泉守め。きっちり仕返ししてやる」

と、険しい顔で吐き捨てた。

「旦那、今度のは、れっきとしたお侍ですが、何かあったんで」

「たいしたことではない。それより世話になった。こいつを取っておけ」

幸四郎が袂から取り出した小判を一枚差し出すと、職人は押しいただいた。

「いつもすいやせん」

「追われた時は、また頼むぜ」

「へい。まかしておくんなさい」

頭を下げる職人にうなずいた幸四郎は、足早に立ち去った。

見送った職人が部屋の中に入ると、長屋の屋根に人影が立ち上がった。

密《ひそ》かに幸四郎を見張っていた小五郎だ。

小五郎は屋根の上を音もなく走り、追跡を続けた。

幸四郎は刺客に襲われたことで悪事を働く気が失せたらしく、井出屋には行かずに盛り場へ向かった。

やくざの親分をつかまえて、一晩匿うよう命じ、岡場所へと消えた。

今宵は井出屋に行くどころではないのだろうと見当をつけた小五郎は、一旦その場を離れ、幸四郎が口走った言葉を左近に知らせに走った。

秋山老中を見送ったあと、藩邸の自室で書類に目を通していた左近は、蠟燭《ろうそく》の火が揺れるのに目を向けた。

「小五郎か、入れ」

すると廊下の障子が静かに開けられ、黒装束《くろしょうぞく》の小五郎が現れた。

「幸四郎は井出屋に行ったか」

「それが、妙なことに……」

左近は書類から目を上げた。

「何があった」

小五郎は、幸四郎が刺客に襲われたことを告げ、

「和泉守の手の者ではないかと」

幸四郎が長屋の路地で吐いた恨み言のことを伝えた。

左近は、書類に裁可の印である花押《かおう》を記しながら考えた。

秋山が左近に見せた動揺の色は、やはり見間違いではなかったようだ。

秋山と幸四郎のあいだには、血の繋《つな》がりがあるのだろうか。

だが左近には、最愛の息子を喪《うしな》ったばかりの秋山が、血を分けた息子を殺すとは思えなかった。

「何か、深い事情がありそうだな」

「引き続き、それがしにおまかせください」

大名家の事情に通じている小五郎ならば、そう時はかからぬはず。

「旗本の次男を老中の手の者が狙うなど、尋常ではない。和泉守殿と幸四郎の秘密を探れ」

「はは」

小五郎は静かにその場から立ち去った。


女郎屋に潜《ひそ》んでいる幸四郎は、寅がよこした女の寝息を聞きながら、酒も飲まずに仰向けに寝転び、天井を眺《なが》めている。

これまで他人に見せたことがないような、呆然とした弱々しい顔で身を起こし、両手をじっと見つめる。

左手で脇差を引き寄せてにぎると、鯉口を切り、親指を刃《やいば》で薄く斬った。

赤い血がにじむ指を目の前に上げて見つめながら、

「忌々《いまいま》しい血じゃ」

ぼそりとつぶやき、火鉢《ひばち》の上に指をかざすと、したたる血を炭の火に落とした。

じゅっ、という音がして、炭の火に黒い染みが浮かぶ。

炭の火に焼かれる血を呆然と見ている幸四郎の手に触れた女が、血に染まる指を口に含んだ。

「よせ、お前が汚れる」

幸四郎は言ったが、女は優しく微笑《ほほえ》み、指の手当てをしてくれた。

女の色っぽい目を見て、幸四郎は女の顎《あご》を上げた。麝香《じゃこう》の匂いが、男の欲望を駆り立てる。

「お前、ここで働く女ではなかろう。どこから来た」

「寅の娘、幸《こう》です」

驚いた幸四郎は、お幸を突き放した。

「親の言いなりになって、男に抱かれているのか」

「いいえ、あなた様だからこそ、こうして」

「言うな」

幸四郎は影光をにぎり、部屋から出た。

その背中を睨んだお幸が、ため息まじりに言う。

「意気地《いくじ》なし」

外に出た幸四郎は、寅の子分に舟を漕《こ》がせて堀川から屋敷に帰った。

明かりも灯させず、闇の中を滑るように屋敷へ近づく舟の中に身を隠した幸四郎は、刺客が待ち構えていないか警戒した。

被《かぶ》った筵《むしろ》の中から、怪《あや》しい者がいないか子分に訊く。

「旦那、屋敷の周りに人影はありませんぜ」

「ならばよいが、念のためだ。お前先に上がって、屋敷の脇門を開けて待っていろ」

「へい」

子分は言われたとおりに舟を岸に着けて駆け上がり、中間に脇門を開けさせた。

幸四郎は筵を跳ね上げて舟から跳び下りると、屋敷に駆け込んだ。


二日後の朝。

戻ってきた小五郎の調べでは、秋山和泉守の先の正室が、夏目丹後守の妹だということが判明した。

そこに幸四郎の出生《しゅっしょう》の秘密があるのではないかと思った左近は、秋山が素行の悪い幸四郎を葬《ほうむ》ろうとしているのかとの疑念が湧《わ》いた。

「やはり、親子ではないか」

すると小五郎は、そこまではは っきりつかめなかったと詫びる。

なおも左近は訊いた。

「幸四郎には、老臣がついていると言ったな」

「はい」

「その者なら知っておるやもしれぬ。会って話を聞こう」

井出屋卯右衛門を偶然助けたことから、話が思わぬ方向へ進もうとしているが、左近は秋山が見せた暗い顔がどうにも気になり、放っておけぬようになっているのだ。

左近は最後の書類に花押を記し終えた。

頃合いを見計らうように折敷を持って部屋に入ってきた間部が、香りのよい茶を差し出し、

「お疲れ様にございました」

左近に両手をついて頭を下げる。

左近は茶を飲み、その苦味に顔を歪《ゆが》めた。

「力が湧く妙薬を煎《せん》じてございます。他家のことであまりご無理をなされませぬように」

「うむ」

左近が小五郎を見ると、小五郎はふっと笑みをこぼす。

間部がすかさず、

「小五郎殿、笑いごとではありませぬぞ」

厳しい声で言うので、小五郎は詫びた。

「これはご無礼を。しかし、亡き新見の父上に似てこられましたな、間部殿は」

間部は真顔を正面に向けて押し黙り、目を伏せる。

左近は微笑みながら間部に告げる。

「日暮れまでには戻る」

「はは」

間部は素直に頭を下げた。

「雨が降りそうでございますので、早めのお帰りを」

「うむ」

左近は安綱をつかみ、着替えをしに奥の部屋に入った。

四

根津の藩邸から浅草《あさくさ》にくだった左近は、竹町《たけちょう》の渡し舟で大川を渡っていた。

江戸の空はどんよりと曇っていて、舟が川の中ほどまで進んだ時、ぽつりと冷たいしずくが左近の月代《さかやき》に落ちてきた。

空を見上げた左近の頬《ほお》に、ふたたびしずくが落ちる。

「や、降ってきたぞ」

隣に座っていた行商《ぎょうしょう》の男が迷惑そうな顔を空に向け、手拭《てぬぐ》いで頬被《ほおかぶ》りをした。

ぱらぱらと落ちた雨が着物に水玉模様を浮かせたが、降るかと思われた雨はそれだけにとどまり、大川を渡り終える頃にはやんでいた。

「梅雨時《つゆどき》は、どうも商《あきな》いがやりにくいね。どうせ降るなら、仕事を休みにするほど降れってんだ」

先に舟から下りていく行商の男が船頭に言い、不安げに空を見上げながら歩んでいった。

船着場から道に上がった左近は、足早に歩む舟客の流れには乗らずゆったりと歩み、本所二ツ目にある夏目家の抱え屋敷へ向かった。

しばらく歩いたところで、ふたたび冷たい雨が落ちてきた。

今度は強くなりそうだったので、左近は先を急いだ。

道を歩いていた者たちも、各々《おのおの》雨をしのげる場所へと急いでいる。

いよいよ雨足が強まったので、左近は雨宿《あまやど》りができる軒先《のきさき》へ身を寄せた。

海側の空には、青空が見えている。

待っていればそのうちやみそうな気配だ。

同じ軒先に入っていた町の女房たちもそう思っているらしく、空を見上げては、世間話に花を咲かせている。

「斬り合いだ！　侍の斬り合いだ！」

辻のほうから叫び声がしたのは、左近が手拭いで顔を拭《ふ》いている時だった。

雨宿りをしていた町の女房たちが、

「いやだよう」

「こっちに来たらどうしよう」

不安の声をあげながら、ちらちらと浪人姿の左近を見ている。左近と目が合うと愛想《あいそ》笑いをして辻から離れた位置に移動し、左近の身体に隠れるようにしながら辻のほうを見ている。

通りにいた男たちは、野次馬根性丸出しで走っていく。

左近は女房たちに、

「危ないからここを離れなさい」

そう言って、人の流れに乗って斬り合いの場へ向かった。

小五郎が歩み寄り、小声で知らせてくる。

「幸四郎が曲者《くせもの》に囲まれております」

場所は、近くの寺の境内《けいだい》だった。

左近が駆けつけると、二十代半ばと思《おぼ》しき男と老侍が、覆面を着けた侍たちに取り囲まれている。

老侍は尻餅をつき、幸四郎と思しき男がそれを守って、覆面の侍たちと対峙《たいじ》していた。

覆面の侍の一人が気合を発して斬りかかり、幸四郎が刀を弾《はじ》き上げ、足を斬った。

幸四郎の剣の腕は、かなりのものだ。

呻《うめ》き声をあげて下がる相手を、幸四郎は睨みつける。

相手は七人。

幸四郎と老侍の分が悪いのは明らかだ。

「何をしておる。斬れ！」

頭目らしき男が言うなり、侍が巧みに間合いを詰めていき、

「とうっ」

「やあっ」

二人同時に斬りかかった。

幸四郎は一人目の刃を受け、鍔迫《つばぜ》り合《あ》いになる。そこへ二人目が斬りかかったので、幸四郎は咄嗟《とっさ》に脇差を抜き、辛《かろ》うじて受け止める。これで両手が塞《ふさ》がれた。

敵の狙いは、そこだった。

後ろに回っていた侍が、刀を振り上げる。

「若！」

老侍が助けようとしたが、別の覆面の侍に蹴り倒された。

「覚悟！」

叫んで刀を打ち下ろそうとした侍の額に、扇子《せんす》が当たった。

助けに走る左近が、咄嗟に投げたのだ。

「うっ」

出端《ではな》をくじかれた侍が、猛然と迫る左近に目を見張ったが、もう遅い。

安綱で肩を峰打ちにされ、骨が砕《くだ》ける音がする。

「ぐあっ」

刀を落として怯《ひる》む侍に、仲間たちが動揺した。

左近は、幸四郎を斬ろうとしている二人のうちの一人の腰を、峰打ちにした。

侍が呻き声をあげて離れたので、幸四郎はもう一人を押し返し、大刀を片手で振るう。

跳びすさった曲者が、刀を脇構《わきがま》えに転じて対峙する。

「おのれ！」

邪魔をするなとばかりに左近に斬りかかった別の侍の刀を、安綱で弾き飛ばす。

葵一刀流の剛剣に目を見開く侍の眉間《みけん》に、切っ先をぴたりと止めた左近は、他の者に鋭い目を向けた。

その凄《すさ》まじい剣気に、侍たちは怖気《おじけ》づく。

「退《ひ》けっ、退け退けっ」

頭目がきびすを返すや、侍たちは一斉に逃げた。

左近を睨んだ幸四郎が、

「浪人風情が、出過ぎた真似をしおって」

礼を言うどころか悪態をつき、尻餅をついた老臣に手を貸して立たせようとした。

だが、老臣は呻き声をあげて顔をしかめた。裂けた袴《はかま》に血がにじんでいるので、足を斬られているようだ。

左近は安綱を納刀《のうとう》して歩み寄った。

「近くに知り合いの道場がある。ひとまずそこへ」

そう声をかけると、老臣の怪我《けが》に動揺していた幸四郎が素直に応じ、

「立てるか、長左衛門」

と、心配そうに声をかけた。

「なんのこれしき」

長左衛門が顔を歪めて立ち上がったので、左近は幸四郎と共に肩を貸してやり、野次馬の中にいた町駕籠《まちかご》を呼んで乗せてやった。

「岩城道場まで頼む」

「がってん承知」

人助けをした左近に笑みで応じた駕籠かきが、そろりと担《かつ》ぎ上げて、揺らさぬように気を使いながら道場へ急ぐ。

幸四郎は、駕籠に寄り添うようにしてついていく。

左近は泰徳に知らせるため、小五郎を先に行かせた。そして曲者の目を警戒し

ながら駕籠に続く。

石原町の岩城道場に着いた時には、いつの間にか雨がやんでいた。

門前で小五郎と待っていた門弟が、

「どうぞ、お入りください」

左近たちを招き入れ、門扉を閉じた。

道場からは、稽古《けいこ》の激しい声が響いている。

左近が廊下を歩んでいると泰徳が駆けつけ、幸四郎を一瞥し、左近に、この者か、という目顔を向ける。

左近がうなずくと、

「怪我人はこちらに。刀傷に精通《せいつう》している弟子がおるので、その者に診《み》せよう」

泰徳はそう言って、長左衛門を裏手の一室に招いた。

その部屋に行く途中で、厠《かわや》から出てきた井出屋卯右衛門と鉢合《はちあ》わせになったのは、まさに偶然である。

幸四郎に気づいた卯右衛門は、悲鳴をあげて目を見開き、腰を抜かして尻餅をついた。

「あわ、あわわ」

と、口をぱくぱくさせる卯右衛門に気づいた幸四郎が、立ち止まって見下ろす。

「貴様、こんなところに隠れておったか」

「ひ、ひいっ」

怯えきっている卯右衛門と幸四郎のあいだに、左近が割って入った。

「千両の話は聞いている。おぬし、民の手本となるべき旗本であろう。無体《むたい》なことを申すのはよせ」

「ふん。博打にかまけて女房子供を泣かせる者を懲《こ》らしめて、何が悪い」

「わたしは、泣かせてなど――」

卯右衛門が左近の横から顔を出して言ったが、幸四郎に睨まれて首を引っ込める。

幸四郎の言い分に、左近は内心驚いていた。

「もしやおぬし、この者に博打をやめさせるために、わざと脅したのか」

幸四郎は答えず、左近に鋭い目を向けた。殺気を帯《お》びた目だ。

その顔つきを見た長左衛門が、苦しげな声をあげる。

「ああ、い、痛い。足が痛い」

幸四郎が舌打ちをし、

右衛門に言う。

「爺《じい》、わざとらしい声を出すな」

叱《しか》りつけておいて、左近の前から移動し、廊下にうずくまって袖で頭を隠す卯右衛門に言う。

「井出屋、二度とその面《つら》を見せるな。屋敷に近づけば、次はその場で斬り捨てる。よいな」

幸四郎は厳しく言い置き、泰徳に部屋への案内を急がせた。

左近は卯右衛門に振り向き、笑みを浮かべる。

「そういうことだ。もう帰ってよいぞ」

「はい。ご浪人様、ありがとうございます。このお礼は、後日必ずいたします」

安堵して何度も頭を下げる卯右衛門に、左近が言う。

「礼は岩城殿にいたせ。これに懲りて、博打をやめることだ」

「はい。もう二度といたしません」

卯右衛門は泰徳にこの礼は改めてすると声をかけ、深々と頭を下げた。そして左近にもう一度頭を下げ、逃げるように帰っていった。

幸い長左衛門の傷は骨には達しておらず、

「十日もすれば、一人で歩けるようになりましょう」

傷の手当てをした泰徳の弟子、澤島弘済《さわじまこうさい》が言った。

ちなみにこの澤島は、今年の春から通いはじめた新参者で、本業は町医者である。

四十八と歳も食っているが、若い頃は剣の道に生きようと志《こころざ》したこともあり、一刀流《いっとうりゅう》を遣《つか》う。

家業の医者を継ぐために一度は剣を手放していたが、子も成長して家業を手伝うまでになったので、剣術への血が騒ぎ出し、岩城道場の門をたたいたのだ。

剣術が好きなだけに、刀傷のことにも詳しく、澤島の手当ては見事だった。

「痛みが、不思議なほどのうなりました」

床に横になっている長左衛門はそう言い、澤島に感謝している。

幸四郎も澤島に頭を下げたので、左近は幸四郎が悪い人物ではないように思えてきた。

その幸四郎が長左衛門を連れて帰ろうとしたので、左近が止めた。

「ちと長左衛門殿と話がしたいが、よいか」

幸四郎が左近にいぶかしげな顔を向けた。

「お前、我らのことを何か知っているのか。誰の手の者だ」

泰徳が気を利かせて咳払《せきばら》いをして、幸四郎の口を制した。

「幸四郎殿、お控えなさい」

幸四郎が泰徳に目を向ける。

「控えろだと」

「新見殿のことは、それがしがお話ししましょう。別室に酒の用意をさせておりますので、こちらへどうぞ」

泰徳が目力《めぢから》で重圧をかける。

幸四郎は何かあると察したらしく、左近を睨んだ。そして、ふっと肩から力を抜いた。

「よかろう。爺、余計なことを申すでないぞ」

幸四郎は長左衛門に命じて、部屋から出ていった。

小五郎が入口に座り障子を閉め切ったので、長左衛門が半身を起こして左近に問う。

「新見殿といったな。いったいわしに何を訊きたいのだ」

「幸四郎のことだ。あの者は、秋山和泉守殿の子という噂があるが、まことか」

長左衛門が探るような目をした。

「それを知っていかがする。おぬし、何者だ」

左近は安綱の鯉口を切り、金の鎺《はばき》を見せた。

鎺に刻《きざ》まれた葵《あおい》の御紋《ごもん》に、長左衛門が息を呑む。

「あなた様は、いったい……」

これには小五郎が答える。

「控えよ。甲府藩主、徳川綱豊様であるぞ」

「こ、甲州様」

慌てた長左衛門が正座しようとして、足の痛みに悲鳴をあげてひっくり返った。

小五郎が手を貸してやり、長左衛門を起こすので、

「構わぬ。足を楽にしておれ」

左近は言い、自らあぐらをかいてみせた。

長左衛門は恐縮し、傷を負っている足を崩して座り、改めて頭を下げる。

「まさか甲州様とは存じませず、これまでの非礼、何とぞお許しください」

「よい。身分は明かしたが、今は浪人の新見左近として市中におる」

「はは」

「それより話の続きだ、長左衛門。幸四郎のまことの母は、秋山和泉守殿の先の

正室だった、夏目丹後守殿の妹御《いもうとご》か」

長左衛門は神妙な顔でうなずいた。

「お察しのとおりにございます。若様は、ご老中、秋山和泉守様と、お奈津《なつ》様のお子でございます」

「やはりそうであったか。して、何ゆえ命を狙われている」

「これがほとほと、迷惑なことでございまして」

長左衛門はそこまで言って、しゃべるのをためらった。

「世継ぎのことで、揉めているのだな」

左近が言うと、長左衛門は目を見張り、

「おそれいりましてございます」

隠しても無駄だと悟《さと》ったらしく、すべてを話した。

幸四郎の母奈津は二十四年前、夫の秋山和泉守が側室を取ったことを不服として意見し、逆鱗《げきりん》に触れてしまった。

これにより奈津は、秋山に懐刀《ふところがたな》を抜き、刃を向けたということにされてしまい、離縁されて実家に戻されたのだ。

ところが、奈津が実家に戻ってひと月後に、腹に子を宿していることが判明した。

徳川譜代大名の血を引く子だ。この事実を知らせれば、奈津は屋敷に戻されたであろう。

しかし、秋山が離縁したことに怒っていた奈津の父親の重義《しげよし》は、懐妊《かいにん》のことを知らせず、奈津の兄重次の子として育てさせた。

この時、重次には長男重実《しげさね》がいたので、幸四郎は次男として育てられた。そしてこの事実は、幸四郎には伏せられていたのだ。

幸四郎は重次の次男として文武に励《はげ》み、兄重実に勝《まさ》るとも劣《おと》らぬ好青年に育っていた。

分家するか、婿養子に入り、旗本として将軍家に奉公するのも遠くないと思っていた幸四郎であるが、昨年の冬、秋山家江戸家老の小金井《こがねい》が突然、番町の屋敷を訪ねてきて、幸四郎を秋山家の世継ぎとして迎えたいと、丹後守に願い出た。

幸か不幸か、幸四郎はこの話を聞いてしまい、

「どういうことです！」

と客間に入り、問いただした。

同席していた兄重実が幸四郎を部屋から連れ出し、出生の秘密を明かしたのだ。

事実を知った幸四郎は、これまで叔母《おば》として慕《した》っていた奈津が実の母だと知り、ひどく動揺した。

それもそのはず、奈津は秋山老中に離縁され、失意のうちに出家した哀《あわ》れな人だと思い、叔母をひどい目に遭《あ》わせた秋山老中のことを、恨みに思っていたのだ。奈津が実の母だと知った幸四郎は、秋山に対する恨みをさらに深めた。そして、世継ぎになどなるものか、と兄に言い捨て、屋敷を飛び出していたのだ。

長左衛門はそこまで語り、ため息をついた。

「悪いのは、すべてこのわたしなのでございます」

「どういうことだ」

長左衛門は手の甲を鼻に当ててすすり、左近に言う。

「若様がお生まれになってすぐ、奈津様が出家なさると決まったのでございますが、寂しそうな顔をなさっている姿をお見かけして、どうにも不憫《ふびん》に思えて、つい……」

長左衛門は、あるじ重義の咎めを覚悟して秋山家におもむき、家老の小金井に事実を告げていた。

小金井は大いに驚いたが、知らせるのが遅かった。この時秋山には、寵愛《ちょうあい》する側室の子が生まれていたのだ。

先に生まれたのは幸四郎で、しかも正室の子。

表沙汰《おもてざた》になれば、側室をよく思わぬ家臣たちが騒ぎ、お家騒動になりかねない。

当時秋山は、幕府要職を転々とし、出世の道を歩みはじめていた。

ゆえに、お家騒動は出世への命取りになる。

家老の小金井はそれを恐れて、長左衛門には感謝しつつも、何も聞かなかったこととし、秋山にも告げなかったのだ。

「あの時、それがしがいらぬことを言わなければ、若様があのように荒れることもなかったはず。ご老中とて、血の繋がった子が悪事を働いては一大事。お家のためとはいえ、暗殺をお命じになるのは、さぞお辛いことでございましょう」

「幸四郎は、昔からあのように暴れ者なのか」

左近が訊くと、長左衛門は首を横に振った。

「若様が抱え屋敷に下がり、いろいろと悪さをなされるようになったのは、秋山家に入りとうないからにございます。悪い評判がご老中のお耳に届けば、世継ぎにするのをあきらめられると思われたのです。ですが、度が過ぎました。悪評は、ご老中のお怒りを買ってしまったのでしょう。ほんとうの若様は、こころ優しいお人なのです。親に命を狙われるのは、あまりにおいたわしいことにございます」

長左衛門はそのように言うが、左近はまったく腑《ふ》に落ちなかった。

「幸四郎の命を狙うは、まことに和泉守殿だろうか」

長左衛門が訊く顔を向けるので、左近は言った。

「余も最初はもしやとも思うたが、そもそも余の知る和泉守殿は、そのような男ではない。幸四郎を闇討ちに葬ろうとしているのは、別の者やもしれぬ」

「いったい誰が」

「余に心当たりがある。だが証《あかし》がないゆえ、今は言えぬ」


左近が言った時、別の部屋では幸四郎が顔を青ざめさせていた。

「まさか、あの浪人が甲州様……」

「さよう。綱豊侯だ」

泰徳が言い、酒をすすめる。

幸四郎は断り、

「お詫びせねば」

慌てて長左衛門のいる部屋へ向かった。

「ご無礼つかまつります」

廊下に片膝をついて言い、障子を開けたが、そこに左近の姿はなかった。横になっていた長左衛門が起き上がる。

「若様、新見様は実は――」

「言わずともわかっておる。爺《おお》、甲州様は」

「先ほど調べることがあると仰せになり、お帰りに」

「甲州様に何を言われた」

「若様のことをお尋ねになられました」

幸四郎は驚いた。

「お前、話したのか」

「はい。ですが若様、甲州様は、お命を狙うのは別の者ではないかと疑っておいでです」

「何！」

幸四郎が眉間に皺《しわ》を寄せる。

「誰だというのだ」

「はっきりとした証がないゆえ、今は言えぬと」

「調べることとは、そのことか」

「はい」

「馬鹿な。甲州様が、おれのような者のために動かれると言うか」

「あのお方はそういうお方だ」

教えた泰徳に、幸四郎が驚いた顔を向ける。

泰徳は、案ずるなという顔でうなずいた。

五

「一度ならず二度までもしくじるとは、この役立たずめ」

あるじの怒りに、家臣は平身低頭《へいしんていとう》して詫びた。幸四郎を襲った侍たちの頭目である。

怒りが収まらず、家臣を睨み下ろすのは、秋山和泉守の弟兼政《かねまさ》だ。

秋山より十五歳下の兼政は、分家として秋山家から領地を分け与えられ、二万石の大名になっていたが、本家の継嗣《けいし》が亡くなると、顔では悲しみながら胸の内で笑い、

「秋山宗家の家督《かとく》はわしが継ぐことになろうな」

と、側近に漏らしていた。

野心家の兼政は、子を喪い、失意の底にいる兄を頻繁《ひんぱん》に訪れるようになり、

「兄上、なんの心配もいりませぬぞ。秋山家十五万石はこの兼政が引き受け、上様の御《おん》ためにご奉公いたしまする。安心して隠居なされい」

弱っている秋山のこころに忍び入るように、言い続けていた。

秋山は、そんな兼政に家督を譲る気になりはじめていた。

兼政は、あとひと押しだとばかりに、しつこく隠居を迫る。

これを見かねた家老の小金井が、つい幸四郎の存在を告げてしまったのだ。

面食らったのは、兼政だけではない。

秋山は、血を分けた息子がこの世に存在することに涙を流して喜び、二十四年前に奈津にした仕打ちを後悔した。

「離縁のことを許してはもらえぬかもしれぬが、奈津に詫びて、息子を呼び戻す」

秋山は兼政に、世継ぎはあきらめろと命じ、追い返した。

夢を打ち砕かれた兼政は、烈火のごとく怒りを露《あら》わにした。

家督を継ぐ気になっていたものを、今さらあきらめることなどできるはずもない。

どうにか手はないものかと考えをめぐらせていた時に、幸四郎の悪い噂が耳に入った。

「この機を逃すものか」

兼政は、暴れ者の幸四郎が揉めごとに巻き込まれて命を落としたように見せかけるため、深川に刺客を送り込んだのだ。

幸四郎は、自分にこのような叔父《おじ》がいることなど知る由《よし》もなく、悪評を断《た》つために秋山が送り込んだ刺客だと思い込み、恨みを増していたのだ。

左近が長左衛門に心当たりがあると言ったのは、兼政の存在を知っていたからだ。

まさか左近が動きはじめたとは思いもしない兼政は、幸四郎をこの世から消すべく次の手を打った。

平伏《へいふく》している家臣の前で片膝をついて顔を上げさせ、耳打ちをする。

「そのように手はずを整えよ。次は、わしも出張《でば》る」

策を授《さず》けられた家臣が、にやりとした顔を向けた。

「さすがは殿。妙案でございます」

「世辞を言う暇《ひま》はないぞ」

「ははあ」

頭を下げた家臣は、命じられたとおりにことを運ぶため、兼政の前から去った。

兼政は今、市ヶ谷御門外《いちがやごもんがい》の浄瑠璃坂《じようるりざか》の上に賜っている上屋敷内の、物見櫓《ものみやぐら》にいる。

この櫓は火災が起きた時に、火の見を理由に建てられた。

だがほんとうの目的は、高いところから遠く江戸城を望むためである。

野心の強い兼政は、老中として活躍する兄に嫉妬《しっと》し、櫓にのぼって江戸城を見下ろすたびに、

「わしは、いつか兄に勝つ」

と、自分に言い聞かせていた。

その好機が、継嗣が病死するという思わぬかたちで到来したのだ。これを逃すものかと、兼政は躍起《やっき》になっている。

爽《さわ》やかに晴れ渡った空の下で、黒々とした甍《いらか》を輝かせる番町の武家屋敷。

その先に横たわる巨大な江戸城本丸を見据《みす》えた兼政は、秋山宗家を継ぎ、将軍のもとで権勢を振るう我が姿を想像し、目を輝かせるのであった。

六

この日の江戸は昨日の快晴が嘘《うそ》のように、朝から雨が降っていた。

本所の町を行《ゆ》き交《か》う人々は、背を丸めて先を急ぎ、着物をぞろりと着こなした遊び人風の男は、番傘を半開きにして頭から被るようにして横殴りの雨をしのぎ、家路を急いでいる。

その男とすれ違った若い男が、笠《かさ》の端を持ち上げて門を見定め、訪《おとな》いを入れた。

出てきたのは、夏目家の抱え屋敷の中間、伝吉郎だ。

「なんだね」

無愛想《ぶあいそう》に訊く伝吉郎に、若い男が使いの用件を伝えた。

目を丸くして驚いた伝吉郎が、中に駆け込む。すると若い男は走り去った。

杖《つえ》をついて、なんとか歩けるようになっていた長左衛門が、

「若、若様、一大事でござる」

痛みに耐えながら廊下を急ぎ、幸四郎の部屋に入った。

「何を騒いでおる」

読み物をしていた幸四郎が顔を向けると、長左衛門が言う。

「お奈津様が……お母上がお倒れになり、ご危篤《きとく》との知らせがまいりました」

幸四郎は驚きのあまり立ち上がった。

「何かの間違いであろう」

「たった今、幸寿院《こうじゅいん》から知らせがまいりました。お急ぎ願いたいとのことにござる」

母の危篤に気が動転《どうてん》した幸四郎は、愛刀影光を持つのも忘れて部屋を飛び出した。

幸寿院は小名木川の南にある。

笠も着けずに屋敷を出た幸四郎は、長左衛門が差し向けた警固《けいご》の家臣を置き去りにして寺に走った。

小名木川を渡った幸四郎は、雨にぬかるむ通りを走り、息を切らせて寺に駆けつけた。

開かれた門を潜り、母が守っていた寺の本堂へ駆け上がる。

本堂には誰もいなかった。

寺小姓《てらこしょう》の姿もないので、母に付き添っているのだと思った幸四郎は、隣の宿《しゅく》坊《ぼう》に渡った。

た。

「母上！　母上！」

叫びながら廊下を進み、奥の寝所に近づくと、突然、障子が激しく開け放たれ

「むっ！」

立ち止まった幸四郎が、現れた曲者どもに刀を抜こうとして、脇差しか帯びて

いないことに気づく。

幸四郎は脇差の鯉口を切り、鋭い目を向けた。

「おのれ、謀《たばか》ったな」

すると曲者どものあいだを割って、よい身なりをした侍が現れた。

秋山兼政だ。

叔父の顔を知らぬ幸四郎は、脇差を抜刀して切っ先を向けた。

「貴様、母に何をした」

すると兼政は、余裕の笑みを浮かべた。

「まあ落ち着け。わしはお前の叔父であるぞ」

「何」

「こうして初めて会《お》うたのだ。物騒な物は納めておけ。のう、幸四郎」

殺気を帯びた兼政の目を見て、幸四郎は気づいた。

「貴様か、刺客を送ったのは」

「はて、なんのことか」

「このような真似をしておいてとぼけるな！　母上はどこだ！」

すると兼政の表情が一変し、鬼の形相《ぎようそう》となる。

「それが叔父に対する口のきき方か。分をわきまえろ」

兼政が言うや、奥から囚《とら》われた奈津が連れ出されてきた。

「母上！」

幸四郎に初めて母上と呼ばれたことに、奈津は感無量の表情をした。

「幸四郎、母に構わず逃げなさい」

「黙れ！」

兼政の家臣が、奈津の喉元に切っ先を突きつける。

「おのれぇ」

幸四郎が怒りを込めて兼政を睨む。

兼政は幸四郎に冷たい目を向けた。

「お前がこの世にいては、わしは日の目を見られぬのじゃ。悪いが死んでもらうぞ。せめてもの罪滅《つみほろ》ぼしに、親子仲よくあの世へ送ってやるゆえ、恨むなよ」

兼政が言い、嬉々《きき》とした笑みを浮かべた。そしてすぐに鬼の形相となる。

「やれ！」

命じた時、

「待ていっ！」

大音声《だいおんじょう》がした。

大勢の侍が宿坊の下になだれ込み、兼政たちをたちまちのうちに取り囲んだ。

「な、なんだ」

兼政がうろたえて周りを見回す。

奈津を斬ろうとしていた家臣が、数人から槍《やり》や刀を向けられて怯み、奈津を脅していた刀を捨てた。

「兼政、観念せい」

侍たちのあいだを割って現れた人物、秋山和泉守を見て、兼政は愕然《がくぜん》とした。

「あ、兄上、何ゆえここに」

「それはわしが問うことじゃ。兼政、貴様よくも、このような真似をしてくれたな。許さぬ、わしは決して貴様を許さぬぞ」

「うっ」

怒りに震える兄の姿に兼政は怯えた。

秋山の横には左近がいる。

窮地《きゅうち》に立たされた兼政は、見知らぬ浪人者を睨みつけ、怒りをぶつける。

「貴様だな、わしの邪魔をしおったのは。こざかしい奴、貴様だけでも道連れにしてくれる」

兼政は恨みを込めて言い、抜刀した。

「たわけ！」

大喝《だいかつ》を入れた秋山に、兼政が目を見開く。

「兼政、貴様の目は節穴《ふしあな》か。このお方は甲州様ぞ！」

思わぬ言葉に動揺した兼政が、振り上げていた刀を下ろした。

「まさか――」

「一別《いちべつ》以来か、兼政殿」

左近が言うと、声でわかった兼政が刀を落とした。

「あっ、ああ……あ」

愕然として、開いたまま塞がらない口から声を漏らして歩み寄り、左近の前にひれ伏した。それを見た兼政の家臣たちも、あるじに倣《なら》う。

兼政を厳しい目で見下ろした左近は、秋山に顔を向けた。

「和泉守殿、余はこのことを上様には申し上げぬ。あとはまかせたぞ」

「ははあ。お心遣い、痛み入りまする」

頭を下げる秋山にうなずき、左近は幸四郎を見た。

幸四郎は目をそらすことなく片膝をつき、頭を下げた。

「これまでのご無礼、どうかお許しくださりませ」

「市中で悪さをせぬと約束するなら、許す」

「はは。二度といたしませぬ」

左近はうなずき、秋山に言う。

「これで、お家は安泰《あんたい》だな」

「このご恩は一生忘れませぬ。この和泉守、身命《しんめい》を賭《と》して、ご公儀に奉公いたしますする」

「うむ」

左近はうなずき、きびすを返した。

「お待ちくださいー!」

声に振り向くと、秋山の横に並んだ幸四郎が言う。

「わたしは、このお方の望まれるとおり、秋山家を継ぎまする」

息子の言葉に秋山が驚き、嬉しそうな顔をした。

幸四郎は秋山をちらりと見て、左近に歩を進める。

「この先、甲州様が将軍になられましたあかつきには、この幸四郎めは必ず老中になり、身命を賭して、あなた様にお仕《つか》えいたします」

「こ、これ、めったなことを申すでない」

慌てる秋山に左近は笑い、幸四郎に言った。

「万にひとつもそれはなかろう。だが、余が将軍にならずともそちは父の跡を継ぎ、将軍家にお仕えして、民のための政《まつりごと》に励め」

「甲州様のご命令とあらば、そのようにいたします」

幸四郎は頭を下げた。

秋山は冷や汗を浮かべている。

そんな秋山に笑みでうなずいた左近はきびすを返し、寺の門へ向かった。

その左近の背後に小五郎とかえでが従い、去っていく。

颯爽《さっそう》とした左近の姿を見て、幸四郎が秋山に言う。

「あのお方は、いつか必ず将軍になられますぞ」

「まだ言うか。上様はお世継ぎを亡くされて、気を落としておられるのだ。そのような時に、甲州様が将軍になられるなどという噂が耳に入れば、甲州様ご自身がいらぬ疑いをかけられるのだぞ。口を慎《つつし》め」

慌てて言う秋山に、幸四郎は真面目な顔を向ける。

「父上」

父と呼ばれて、秋山はまんざらでもなさそうだ。

「な、なんじゃ」

「わたしの勘に、狂いはございませぬ」

第三話　遺言

一

　この日、岩城泰徳は、父雪斎《せっさい》が若き頃の弟子で、今は独立し、道場のあるじになっている鮫山沖辰《さめやまおきたつ》に、

「是非とも、若先生においで願いたい」

と、二年に一度開催される道場の試合に招かれ、神田川《かんだがわ》に架かる昌平橋《しょうへいばし》北詰のすぐそばにある道場へ来ていた。

　鮫山の道場は門弟が五十人ほどと小さいが、甲斐無限流《かいむげんりゅう》を習いたいという旗本の子弟ばかりで、稽古代《けいこだい》に加えいろいろと贈り物があり、金銭の心配はまったくない。

　門人たちは皆、剣の腕だけでなく人柄もよい。

　今日は鮫山の門人《もんじん》一同が集まり、勝ち残りの試合をして師範代を決めるのだ。

この試合は二年に一度、七夕《たなばた》の日に開かれる。

見事勝ち残った者は、各家から出された金一封をすべて手にすることができ、加えて、向こう二年のあいだは道場の師範代として、門人たちを束《たば》ねることになる。

年齢や、兄弟子、弟弟子など関係なく、実力のある者が上に立つということで、鮫山道場の師範代になることは、

「非常に栄誉なこと」

と、門人たちのみならず、周囲の目もそうとらえられるようになっていた。

勝ち残った者がお家の継嗣《けいし》ではなく部屋住みの身ならば、他家の旗本へ婿入《むこい》りの縁談がかかり、あるいは大名家に高禄《こうろく》で誘われることもある。

そのため、部屋住みの者は俄然《がぜん》張り切り、試合は毎回怪我人《けがにん》が出るほど、熱くなるのだ。

公平を期するため、審判役は他流の親しい道場主に頼むのが通例であったが、今年はその者に頼むことができず、泰徳が招かれたのだ。

泰徳にとって、二十以上も年上の鮫山は兄弟子に当たる。

剣のほうも一流で、泰徳はこれまで一度も勝ったことがない。

その鮫山に仕込まれた門人たちの立ち合いは凄《すさ》まじく、どの試合も見ごたえがある。

あまりに激しすぎて、審判役を務めた泰徳は、試合が終わった時には疲労さえも感じていた。

「おかげさまで、学ばしていただきました」

礼を言う泰徳に、

「こちらも助かった」

鮫山は頭を下げて応じた。

勝ち残ったのは鮫山が目をかけている若者で、親のために立身出世を願い、稽古に励《はげ》んできた者だ。

今年ようやく念願が叶《かな》い、正々堂々と闘った兄弟子たちから、惜しみなく賞賛されている。

その明るい様子を見ていた泰徳が、鮫山に言った。

「門人がまた増えましたね」

「うむ」

鮫山は、なぜか浮かぬ様子で返事をした。

　これまで門人を増やすことに努めてきた鮫山らしからぬことで、泰徳がいぶかしげな顔をした。

　鮫山は渋い顔で言う。

「神田の倉吉《くらよし》昭石《しょうせき》殿を知っておるな」

「はい。先生とは好敵手だった……」

「さよう。わしがこの地に道場を開いてからというもの、何かと競《きそ》い合ってきた。若い頃は、門人が増えぬのはお前のせいだと、よく喧嘩《けんか》をしたものだ」

「その反面、時々手合わせをしては、朝まで酒を飲んでおられましたな」

「うむ……」

　鮫山はしばし黙り込み、

「……死におった」

　ぼそりと言い、目を赤くする。

　本来なら、今日の試合の審判役は昭石が務めていたはず。

　泰徳は、試合の最中に鮫山が浮かぬ顔をしていたわけを知り、沈黙した。

　時々頭の痛みを訴えていた昭石は、

「何、酒の飲みすぎよ」

と笑っていたらしいが、道場で稽古をしている最中に倒れ、一度も目を開けることなく、三日後にこの世を去ったという。

「それはお気の毒なことです。倉吉道場は、どうなるのです」

泰徳が訊《き》くと、鮫山はため息をついた。

「昭石殿は生涯独り身のうえに急なことだったゆえ、残された門人たちのあいだで、何かと面倒が起きているらしい。わしのところに来た連中は、門人として日が浅い者たちばかりでな。揉《も》めごとに巻き込まれるのを嫌《きろ》うて、移ってきたのだ」

倉吉昭石は直心影流《じきしんかげりゆう》の達人であり、人柄もよかったので、旗本御家人の子弟が大勢通っていて、門人は二百を超える大道場だった。

その名門が今、跡継ぎ問題で揺れているらしい。

浅はかな者ならば、門人を増やす好機だと言って、鮫山を励ますだろう。

しかしこの道場には、そのようなことを言う者は一人もいない。

なぜなら、鮫山にも子がおらず、

「明日は我が身」

と、鮫山がこぼしたので、門人たちは不安に思っているのだ。

昭石の死を知った鮫山の門人の中には、弟子を増やす好機だと言うかわりに、

「先生、是非ともお世継ぎをお授《さず》かりください」

必死に訴え、自分にまかせてくれと言って飛び出した者がいる。

その者は、自分には行き遅れた姉が三人もいるのだと、以前から言っていた。

その門人は道場を守りたい一心で、鮫山とは親子ほども歳が離れた自分の姉を嫁にしてもらおうと考えたらしいのだが、程なく戻ってきた門人の頬《ほお》には、平手打ちされた痕《あと》が赤く浮かんでおり、期待していた兄弟子たちを落胆させた。

そのことを泰徳に話した鮫山は、

「あれにはまいった」

と、苦笑いをした。

急に居住まいを正した鮫山が、泰徳に頭を下げる。

「わしもこの歳だ。もし何かあった時は、門人たちを頼む」

「よしてください。いきなりなんですか」

「いきなりではない。わしはこの道場を後年に残したいとは、さらさら思うておらぬ。あとのことは若先生におまかせしたいと、前々から考えていたのだ」

頼まれてしまっては、断ることができぬのが泰徳という男だ。

その場しのぎではなく、兄弟子の恩に報《むく》いたいと思い、

「その時が来れば、必ず力になります」

不安に思っているであろう門人たちに聞こえる声で引き受けた。

鮫山が笑みでうなずき、安堵《あんど》の顔をする。

すると、遠巻きに見て見ぬふりをしていた門人たちが、込み入った話が終わるのを待っていたかのように、鮫山と泰徳の前に集まってきた。

「是非とも、先生方の立ち合いを拝見しとうございます」

門人たちが目を輝かせて頼むので、鮫山は泰徳に、どうじゃ、という目顔を向けた。

久々に剣を交《まじ》えたくなった泰徳は、

「望むところです」

快諾《かいだく》して木刀をにぎった。

まずは正眼《せいがん》の構えで対峙《たいじ》し、

「いざ」

「おう」

両者のかけ声で試合がはじまった。

甲斐無限流は、戦国の世の戦場《いくさば》で生まれた剣術。

その流れを受け継ぐ泰徳と鮫山の剣は凄まじく、裂帛《れっぱく》の気合がぶつかり、木刀が交わるたびに木が焦《こ》げた臭《にお》いが伝わり、目に見えぬ剣気の揺れを門人たちに感じさせた。

門人たちは、

「我らとは格が違いすぎる」

などと言い、息を呑《の》んで見ている。

一歩も譲らぬ鮫山と泰徳が、木刀を激しくぶつけ、ぱっと離れた。

そして二人とも切っ先を相手に向け、姿勢を低く構える。

戦場に群《むら》がる敵を斬り崩して突き進む、甲斐無限流の奥義、突き崩し――。

一拍の間ののち、ほぼ同時に前に出て、互いにぶつかる。

凡人ならば突き飛ばされ、怯《ひる》んだ隙《すき》に一刀のもとに倒されるところだが、この二人はやはり互いに譲らぬ。

まったくの互角であった。

決着がついたのは、泰徳がほんの一瞬の隙を見せた時だった。

必殺の突き崩しが通用しなかったことで、次の手を頭で考えたのがいけなかった。

鮫山はその一瞬の隙を突き、猛然と前に出た。

泰徳がはっとして、鮫山の一撃を受け止めようとした時には、喉元《のどもと》に切っ先をぴたりと止められていた。

「まいりました」

鮫山が、にたりと笑う。

「悪い癖が出たな、若先生」

ほんの一瞬の遅れ、とも言おうか。目を皿にして見ていた門人たちには、何がどうなったのかわからぬ様子だ。

試合を勝ち抜いた門人でさえ、泰徳の隙がわからないという。

泰徳のわずかな隙を見逃さずに負かしたのは、剣を極めた鮫山だからこそなせる技なのだ。

礼をして立ち合いを終えた泰徳は、鮫山と門人たちと共に道場を出て、神田豊《と》島町《しまちょう》の柳原《やなぎはら》通《どお》りにある料理茶屋「小島《こじま》」に行き、酒宴を開いた。

鮫山行きつけの小島は、旬《しゅん》の魚料理を食べさせてくれる。今日は鯛《たい》の刺身からはじまり、鰺《あじ》の塩焼き、鰈《かれい》の煮付け、鯛めしなど、さまざまな旨《うま》い料理に舌鼓《したつづみ》を打った。

小島は酒も非常によろしく、金沢から取り寄せた甘口の酒が、江戸の塩っ辛《から》い味付けによく合う。

泰徳は初めて来たが、小島をすっかり気に入ってしまった。

酒宴は一刻（約二時間）でお開きとなり、泰徳はしたたかに酔っている若い旗本から、茶屋に芸者を呼んで飲みなおそうと誘われたのだが、手土産《てみやげ》に頂戴《ちょうだい》した鯛めしの残りを妻のお滝《たき》に食べさせてやりたくて、

「次の機会には是非」

やんわりと断り、鮫山には、

「近々また会いましょう」

と、笑みで約束して別れた。

夜も更《ふ》けていたので、泰徳は両国橋を渡って帰るべく、柳原通りをくだっていた。

右手に関八州郡代屋敷《かんはっしゅうぐんだいやしき》の長い瓦塀《かわらべい》が見えはじめると、人通りは急に絶《た》え静かになる。

ここを過ぎれば、浅草御門とその警固《けいご》を担《にな》う大番所《おおばんしょ》があり、両国広小路《りょうごくひろこうじ》まで行けばふたたびにぎやかになろう。

泰徳は灯籠《とうろう》の明かりもない暗い夜道を進んだ。

柳の枝が夜風に揺れ、葉の擦《こす》れ合う音が夜道の寂しさを増す。

その時、

「ぐあっ」

「ううっ」

男の悲鳴と呻《うめ》き声が、風に乗って聞こえてきた。

何ごとかと顔をしかめつつ歩んでいると、前から人が走ってきた。

人数は五人。一人は脇を抱えられるようにしていたが、泰徳の横を通り過ぎる時、汗の臭いと微《かす》かに血の臭いがした。

気になった泰徳は、立ち止まって振り向いた。

すると、逃げる者たちも泰徳のことを気にするようにこちらに目を向けている。

「急げ」

誰かが言った時、血の臭いをさせて抱えられていた男が呻いた。

その男の右の袖《そで》から見えた腕は、肘《ひじ》のあたりから切断されていた。血を止めるために布が巻かれているようだが、道には血が点々と落ちている。

泰徳は声をかけようとしたが、仲間たちがあいだを遮《さえぎ》るように立ち、泰徳を警戒しながら後ずさり、やがて走り去った。

「侍の斬り合いか」

相手はこの先にいるかもしれないと思った泰徳は、悲鳴がした大番所のほうへ歩みはじめた。

持っていたぶらぢょうちんの明かりを道に近づけ、落ちている先ほどの侍の血を辿《たど》っていくと、人の声がしたのでそちらに目を向けた。

すると柳の下で、木に背中を預けながら足を投げ出して座っている者がいた。

そばには職人風の男たちがいて、身を案じて声をかけている。

死んでいるのか、ぴくりとも動かない。

遠くには、大番所の明かりが見える。

泰徳が駆け寄ると、職人風の男たちが離れた。

「いきなり襲いかかられたんでさ」

「でもこの人は咄嗟《とっさ》に刀を抜かれて、相手の腕をばっさりと……。そりゃ見事なもので」

そのあとは四人の曲者《くせもの》に囲まれて斬られたので、職人たちが人殺しだと声をあげたらしい。

泰徳には聞こえなかったが、曲者は人目を恐れて逃げたのだ。

男は息をしていたが、腕から血を流し、朦朧《もうろう》としている。

「これはいかん」

泰徳は職人の一人を近くの自身番《じしんばん》に走らせて、助けを求めた。

二

泰徳が助けた男は、自身番に担《かつ》ぎ込まれた。

たまたま立ち寄っていた町方同心の手配で医者が呼ばれ、治療をした。

腕に刀傷を負っていたが、幸い命に関わることはなく、男は一刻もしないうちに顔色もよくなり、立ち上がることができた。

「血を見て気が遠くなったか」

同心が薄笑いを浮かべながら冗談めかして言うと、男は苦笑いで応じた。

「剣の修行をしておりますが、血がどうも苦手で」

「そいつはまっとうな証《あかし》だよ」

同心が言うと、男は頭を下げた。

「お世話になりました」

泰徳にも頭を下げ帰ろうとするので、同心が引き止めた。

「こうなったわけを聞かせてもらおうか。おっと、まずは名前からだ」

番屋《ばんや》の書役《かきやく》に書き記すよう命じて、同心が訊く顔を向ける。

目線を落とした男は、あきらめたように口を開いた。

池鯉鮒玄十郎《ちりゆうげんじゆうろう》と名乗った男の歳は三十二で、住まいは料理茶屋小島がある豊島町の長屋だという。

「浪人か」

同心が訊くと、玄十郎はうなずいた。

「池鯉鮒は本名か。ごまかしはなしだぜ」

気さくな同心にほだされ、玄十郎は素直に応じる。

「わたしは東海道《とうかいどう》池鯉鮒宿の浪人の息子で、本姓は松谷《まつたに》と申します。池鯉鮒を名乗るのは、決して本姓を恥じるおこないをしたからではなく、流浪《るろう》の身ゆえ、故郷を懐かしんではじめたことでございます。長年の流浪の末、江戸には六年前に入り、今の長屋には五年ほど暮らしております」

「そうかい。で、何をして食べている」

「倉吉道場で、代稽古をしております」

泰徳は名が知れた大道場の師範代と聞き、驚いた。

市中を見廻る同心も当然知っているので、態度を一変させた。

「そ、そういうことなら、町方の出る幕ではござらぬ。どうぞお引き取りを」

急によそよそしくなり、調べを切り上げようとするので、泰徳がかわりに訊いた。

「池鯉鮒殿は、ほんとうに倉吉昭石先生の弟子ですか」

玄十郎が泰徳に顔を向ける。

「はい」

「では、襲ったのは同門の者。違いますか」

「…………」

玄十郎は答えず、同心に頭を下げて立ち上がり帰ろうとするので、泰徳が止めた。

「拙者は鮫山沖辰殿の弟弟子で、岩城泰徳と申す」

泰徳が名乗ると、玄十郎は驚いた。

「お名前は存じております。本所の岩城道場の……」

「はい」

泰徳が座ってくれと頼むと、玄十郎が安堵した顔で応じ、泰徳の前に座りなおした。

佐川《さがわ》という同心は、北町奉行所の者だと改めて名乗り、町役人に茶を出させて部屋を出た。あくまで関わろうとしないのは、玄十郎を襲った相手に、おおよその見当がついているからだ。

それほどに、倉吉道場の揉めごとは深刻だった。

「道場のお噂《うわさ》は、大川を越えて届いております」

「そ、そうですか」

「よろしければ、何が起きているのか話してみませんか」

泰徳が師匠である倉吉昭石の親友の弟弟子で、岩城道場の当代だと知り、玄十郎は気を許したのだろう。素直に従い、斬り合いになったわけを話した。

流浪の身だった玄十郎は、仕官を夢見て江戸に流れ着いたものの、迎え入れてくれるお家が容易《たやす》く見つかるはずもなく、食うに困った。

そこで、他国でもおこなっていた道場破りで金を手に入れようとして、最初に目をつけたのが、倉吉昭石の道場だった。

日ノ本《ひのもと》中を修行の旅をして回っていた玄十郎は、

「我が直心影流に敵《かな》う者なし」

と、かなりの自信を持っていた。

大道場のあるじである倉吉昭石が、同じ直心影流を遣《つか》うと知り、

「この者を倒して名をあげ、仕官への道を開いてくれる」

金を手に入れることよりも、名をあげる道具にしてやろうともくろみ、勇《いさ》んで門をたたいた。

倉吉昭石の道場には、同じようなもくろみで訪れる者が多く、稽古に支障が出ることもあるので、試合の申し込みはすべて断っていた。

そのため、玄十郎は相手にされなかった。

だが他の者と違うのが、玄十郎の粘りだ。悪く言えばしつこい。

門前払いをされても、毎日通う玄十郎に根負けした昭石は、門人の前で剣を交えた。

一刀のもとに打ち倒し、浅はかな夢を砕《くだ》いてやろうとした昭石であったが、玄十郎の剣の腕は昭石を瞠目《どうもく》させた。

辛《かろ》うじて勝った昭石は、

「まいりました」

頭を下げて帰ろうとした玄十郎の潔《いさぎよ》さを気に入り、

「明日も来てみるか」

と声をかけたのだ。

飯と寝床付きだと言われて、住処《すみか》もなかった玄十郎は二つ返事で応じた。

以来、泊まり込みで修行を積んだ玄十郎は、一年もしないうちに兄弟子たちを負かすようになり、二年目、三年目と腕を磨き、四年目からは、昭石のかわりに稽古をつけるまでになっていた。

旗本や御家人の子弟がほとんどの倉吉道場だ。中には玄十郎の台頭をよく思わぬ者もいて、浪人の倅風情《せがれふぜい》が、と陰口をたたく者もいた。

それでも昭石が存命のうちは波風は立たず、玄十郎は道場の師範代に抜擢《ばってき》され、人生でもっとも充実した日々を送っていた。

話を聞いた泰徳は、昭石の跡目をめぐる揉めごとについて尋ねた。

「襲ったのは、陰口をたたいていた旗本の連中ですか」

すると玄十郎は、暗い表情で首をかしげる。

「暗くてわからなかった……。わたしが道場の跡継ぎに指名されたことが気に入らぬ者の仕業《しわざ》でしょうから、なんとなく見当はつきますが」

「昭石先生はお倒れになって、一度も目を開けることなく逝《ゆ》かれたと聞いているが、何か遺言されたのですか」

「先生は、死期を悟《さと》っておられたのです」

頭が痛みはじめた己の身体の異変に気づいた昭石は、四谷《よつや》で道場を主宰《しゅさい》していた兄弟子の曾根恒虎《そねつねとら》に、遺言状を託していたという。

そのことは、玄十郎はおろか、道場の誰にも告げられていなかった。

あとで遺言状を持って道場に現れた曾根いわく、妻子がなかった昭石は、玄十郎を我が子のように思っていたらしい。

そして曾根は後見人として門人一同を集め、昭石の遺言を伝えた。

昭石が玄十郎を可愛がっていたことを知っている者たちは、玄十郎が跡を継ぐことを承諾した。

だが、稽古では歯が立たず、苦い思いをさせられていた者たちは、玄十郎のことを浪人者と見くだして認めなかった。

玄十郎は言った。

「その急先鋒《きゅうせんぽう》が、旗本、片山内記《かたやまない き》正岑《まさみね》殿の次男正長《まさなが》。夜道を待ち伏せて暗殺しようとしたのは、門人の中でも腕が立ち、次期道場主と言われていたこともある正長ではないかと」

「旗本の腕を斬り落としたか」

　泰徳が言うと、玄十郎はうなずいた。

「襲うてきたのが正長だと気づく前に、右腕を斬り落としてしまいました。相手は無役とはいえ二千石の旗本の倅、このままではすみますまい」

　玄十郎は、自分を慕《した》ってくれる門人たちに迷惑をかけることを恐れていた。

「今は、自分の身のことを考えるべきではござらぬか」

　泰徳は、玄十郎をこのまま長屋に帰らせるのは危ないと思い、自分の道場に誘った。

「どうです。しばらくわたしのところに来ませんか」

「しかし、それではご迷惑が……」

「その心配はいりませぬ。旗本の門人たちには伏せておきますので」

　玄十郎はまだ迷いを見せたが、泰徳が遠慮は無用だと言うと、意を決した顔を向けた。

「ではお願いします。二、三日でこの話に決着をつけますので、それまで身を隠させてください」

玄十郎の表情に、ある決意が込められていることに気づいた泰徳は、同心に頼んで舟を借り、共に本所の道場へ帰った。

妻のお滝に大まかな経緯《いきさつ》を伝えた泰徳は、玄十郎を離れに匿《かくま》い、

「今宵《こよい》は、ゆっくりお休みください」

そう言って母屋《おもや》に戻ろうとしたのだが、玄十郎に止められた。

「世話になったうえに厚かましいのですが、代筆を願えませぬか」

傷を負った右手が痛みで震えるので、筆が持てないのだ。

泰徳は快諾し、筆と紙を取ってくると、文机《ふづくえ》の前に座った。

玄十郎が書状を送る相手は、倉吉道場の支援者の一人である旗本、安倍康秀《あべやすひで》だ。

安倍家の禄は三百石。旗本では小さいほうの家柄だが、康秀は人望も厚く、倉吉道場の支援者の中ではご意見番として、門人の親たちから一目置かれていた。

その康秀に、玄十郎は助けを求めたのだ。

言われるままに筆を走らせていた泰徳は、ふと顔を上げた。

「今、なんと」

神妙な顔をした玄十郎が、もう一度言う。

「わたしは大恩人の昭石先生が遺《のこ》された道場の名に、傷をつけたくはありません。

それには、争いごとを避ける他に手はなく、故郷の池鯉鮒へ帰ることを決めました」

泰徳は筆を走らせなかった。

「ほんとうに、それでよいのですか。亡き昭石先生は、あなたに道場を継いでほしいと遺言されているのですよ」

玄十郎は首を横に振った。その顔に迷いはなかった。

「同じ門人に命を狙われる者に、道場を受け継ぐことなどできませぬ。器《うつわ》ではないということです」

「しかしそれは、一部の者の考えではござらぬか」

「たとえ一人でも異を唱《とな》える者がいれば、道場の評判は悪くなる。昭石先生は人選を誤られた。わたしのような者ではなく、皆が従う者をお選びになるべきだったのです。この書状を送る安倍様のご子息、孝康《たかやす》殿こそが、もっともふさわしい方なのです」

泰徳は玄十郎の倉吉道場を想うこころに触れて、返す言葉もなく筆を走らせた。

翌朝早く、泰徳は神田へおもむき、門番に名を告げて安倍康秀に目通りを願った。

程なく出てきた用人《ようにん》に、池鯉鮒玄十郎の使いの者だと告げると、

「おお、玄十郎殿の」

用人は案じていた様子で言い、すぐに中へ入れてくれた。

客間に通され、出された茶が冷めぬうちに当主の康秀が現れ、続いて息子の孝康も姿を見せた。

泰徳が玄十郎の想いが込められた書状を渡すと、目を通した安倍親子は、物悲しげな顔をして声を失っている。

すべてを読み終えた康秀が孝康に言う。

「玄十郎は池鯉鮒へ帰る気じゃ」

うなずいた孝康が、泰徳に顔を向けた。

「ここに書かれていることは、承服しかねます。玄十郎は己をわかっておらぬのです。玄十郎こそが、昭石先生の跡を継ぐべき者。国へ帰るなどと言うても、玄十郎に帰る場所など池鯉鮒にはないのです」

父親はすでにこの世になく、池鯉鮒の地に玄十郎を知る者はいないはずだという。

自分は玄十郎の親友だと言う孝康は、泰徳に膝《ひざ》を進めて両手をついた。

「玄十郎の居場所をお教えください。わたしが説得します」

「すまぬがそれはできぬ。誰にも居場所を言わぬよう、頼まれておるのだ」

「黙って身を引くつもりなのですね」

泰徳がうなずくと、孝康は悔しそうに膝をたたいた。

「水臭《みずくさ》いじゃないか、玄十郎……」

泰徳は玄十郎の意志を尊重し、康秀に言った。

「あとのことは、安倍様におまかせしたいとのことにござる。では、それがしはこれにて」

泰徳が帰ろうとした時、廊下に若い女が座った。

「娘の郁美《いくみ》です」

康秀が紹介すると、郁美は目を伏せて頭を下げた。

康秀が訊く。

「話を聞いていたのか」

「はい」

頭を下げたまま返事をした郁美が、泰徳に顔を上げた。悲しげな目をしている。

「郁美、下がっていなさい」

康秀が言ったが、郁美は泰徳に必死に訴えた。

「どうしても、玄十郎様の居場所をお教え願えませぬか。一目だけでも、お会いしとうございます」

郁美の熱意に押され、泰徳は困惑するばかりだ。

泰徳の様子を見た康秀が、郁美を止める。

「これ、下がりなさい」

「でも父上――」

「下がっておれ」

康秀にきつく言われて、郁美は渋々その場から下がっていった。

ため息をついた康秀が、泰徳に苦笑いで詫《わ》びる。

「娘は玄十郎と夫婦《みようと》の約束を交《か》わした仲なのでござるよ。この孝康を訪ねてくるうちに、二人はいつの間にかこころを通わせるようになりましてな。孝康のすすめもあり、玄十郎が独り立ちしたあかつきには、夫婦にさせてやると約束をしていたのです」

「そうでしたか」

泰徳は居場所を教えるかどうか迷ったが、玄十郎との約束をたがえることはできぬと思いなおし、口を閉じた。

康秀が言う。

「このことは昭石先生も承知しておられ、近いうちに必ず玄十郎に道場を継がせるとおっしゃっていた。まさか急に逝かれるとは思いもしなかったが、先生は遺言に残され、約束を守ってくだされたというのに」

康秀は目をきつく閉じ、悔しげな顔をして押し黙った。

玄十郎が池鯉鮒へ帰ると言った時に見せた寂しそうな目は、郁美のことがあったからだと泰徳は気づいた。

そして、なんとかしたいと思いながら、康秀に告げる。

「おそらく玄十郎殿は、本心から国へ帰ると言われたのではないでしょう。胸の内では、泣いておられるはず。このまま江戸を去らせては、酷だと思いませぬか」

すると康秀が、力強い目つきでうなずきながら言った。

「岩城殿、そう思うてくださるか」

「何かよい手がないものかと、考えております」

「ある」

康秀が身を乗り出す。

「わしは玄十郎をどこにもやりとうないのだ。倉吉道場のことは、もはやあきらめるしかあるまいと思うておる」

「父上」

異を唱えようとした孝康を、康秀が手で制す。

「こうなってしまっては、手を引かなければいつまでも争いが続く。昭石先生には申しわけないが、玄十郎には別の土地で道場を開かせたい。孝康、岩城殿、わしの考えをどう思う」

康秀は今思いついたようだったが、これしかないと信じているようで、二人に同意を求めた。

孝康はよい考えだと答えたが、泰徳は慎重である。

「道場を構える場所にもよりますが」

江戸は剣術道場が多い。迂闊《うかつ》に新参者が道場を開けば、潰しにかかられる恐れがある。

康秀は道場を支援するだけあり、そのあたりは承知していた。

「小石川《こいしかわ》は、古株《ふるかぶ》だった道場が潰れてしまい、今は空き家状態だ。あそこなら、神田とも離れておるゆえ、玄十郎が道場を開いても差し障《さわ》りはあるまい。もっとも、離れた土地ゆえ、玄十郎に従う者が道場を移るかは疑問じゃが」

これには孝康が心配した。

「門人が移ると言う前に、玄十郎が受け入れましょうか」

「玄十郎なら、受けるはずじゃ」

康秀は自信があるようだ。泰徳に顔を向け、両手をついた。

「岩城殿、玄十郎と会わせてはいただけぬか。玄十郎が承知いたせば、わしは支援を惜しまぬ。郁美のためにも、江戸にとどまるよう説得したい」

康秀の話は、玄十郎にとっても悪いことではない。

泰徳は、玄十郎を想う安倍親子の熱意にほだされ、素直に応じることにした。

「わかりました。我が岩城道場にご案内いたします」

明るい顔をした孝康が、康秀に言う。

「父上、郁美を連れていってやりましょう。郁美に会えば、父上の申し出を受けるはずです」

「うむ。岩城殿、よろしいか」

泰徳は笑みでうなずいた。

三

泰徳の帰りを待っていた玄十郎は、安倍親子が来たことにとても驚いた。

玄十郎は、道場の恩人である康秀に、

「このような事態になり、申しわけございませぬ」

と言って、必死に詫びた。

康秀は、痛む腕を抱え込んで頭を下げる玄十郎の前に立ち、

「この、たわけ者！」

大音声《だいおんじょう》の一喝《いっかつ》をくれた。

うずくまるように頭を下げ続ける玄十郎の前に片膝をつき、首根っこをつかむと顔を上げさせた。そして、泰徳から受け取った手紙を見せる。

「紙切れ一枚よこして姿を消そうなど、許されると思うておるのか。会えば江戸を出ることを、止められると思うてしたことか」

「はい。申しわけ、ございませぬ」

声を震わせる玄十郎を、康秀は抱き寄せた。

「わしは、お前に郁美を嫁《とつ》がせると決めておるのだ。止めるに決まっておろう」

「しかしわたしは、道場を継ぐことはできませぬ」

康秀は玄十郎を離し、うなずいた。

「倉吉道場のことは、孝康にまかせておけ。お前は小石川に道場を開け。池鯉鮒に帰るなどと言わず、そこでやってみよ」

「わたしに、そのような力は……」

「金のことなら、わしにまかせておけ。郁美とお前が幸せになるためだ。力になってやる」

「まことによろしいのですか。わたしのような者で」

「悪ければ、ここに来ておらぬわい」

康秀に言われて、玄十郎は信じられない様子で郁美を見た。

郁美が笑みでうなずく。

「おい、玄十郎」

孝康が言った。

「早く承知しろ。小石川に道場を開くと言え」

玄十郎は友の後押しでようやく腹を決め、康秀に頭を下げた。

「よろしく、お願い申し上げます」

「よし！」

よく言った、と声をあげた孝康が、目を潤《うる》ませている郁美と顔を見合わせて笑みでうなずき、康秀に言う。

「父上、さっそく門人一同を集めて、わたしと玄十郎の意志を伝えます」

「それはよい考えだ。昭石先生に跡目を遺言された玄十郎が、お前に跡目を譲ると皆の前で言えば、筋が通る」

「簡単にすめばよろしいですが」

泰徳が口を挟んだ。

「玄十郎殿を襲った連中のことが、気になります」

康秀が一笑《いっしょう》に付《ふ》す。

「その者らとて、道場への想いが強うてしたこと。孝康が跡を引き受けると言えば、おとなしく従おう。こう言ってはなんだが、昭石先生は、わしと同じで、玄十郎を気に入りすぎたのだ。門人のことをもう少し考えておれば、人選を誤らずにすんだものを」

「父上、それではまるで、玄十郎様が道場主にふさわしくないと聞こえます」

郁美に言われて、康秀が慌《あわ》てた。

「いや、これはすまぬ。じゃが玄十郎、わしの言いたいことはわかるな」

「はい、心得ております。今回のことで、思い知らされました」

「小石川でお前を慕う門人を入れて、一から土台を作るのが一番の道じゃ。倉吉道場を引き継ぐ孝康と切磋琢磨《せっさたくま》して、互いに名をあげてみせよ」

孝康と玄十郎は顔を見合わせてうなずき、康秀に頭を下げた。

満足そうにうなずいた康秀が、泰徳に改めて頭を下げるので、泰徳も居住まいを正した。

「どうか、お手をお上げください」

顔を上げた康秀が、笑みを浮かべながら言う。

「岩城殿、これも何かのご縁。厚かましいとお怒りにならず、聞いていただきたい」

「なんでしょう」

「娘婿になる玄十郎は、道場主としては未熟者。道場を開くことに、力を貸してやってくれませぬか。このとおりじゃ」

康秀がふたたび頭を下げるので、泰徳は困った。困ったが、断らないのが泰徳という男だ。

「わたしにできることならば、いくらでも力添えをいたしますので、どうぞ、お手をお上げください」

「まことか。まことに、力をお貸しくださるか」

「はい」

「聞いたか、玄十郎。江戸で名高き大道場の先生が、お力になってくださるぞ。孝康、気を抜けば門人をすべて取られてしまうぞ。しっかりせえよ」

などと言って笑い、康秀は二人の尻をたたく。

泰徳は、そんな康秀に少し不安を感じたが、三百石の家柄で倉吉道場のご意見番になるのもわかるような気がした。

どこか憎めない男なのだ。


安倍親子があいだに入ってくれたことで、倉吉道場の騒動は収まるかに見えたが、ことはそう簡単ではなかった。

後日、孝康の声がけに応じて道場に集まったのは、門人の半数に届くどころか、わずか二十人ほど。そのすべてが侍ではなく、昭石が頼み込まれて門人にした町人の子で、家は貧しく、稽古代を免除されている者ばかりだった。

旗本の連中から、門人ではなく使用人だと揶揄《やゆ》されていた者たちの関心は、誰が跡を継ぐかではなく、代替わりしてもただで剣術を習えるのか、その一点だけにある。

自分が玄十郎にかわって道場主になると告げた孝康に、町人たちは、ただで習えるなら誰でもいいと、薄情なことを言う。

これでは、なんの解決にもならない。

孝康と玄十郎は肩を落とした。

その様子を見ていた幸吉《こうきち》という門人が、孝康と玄十郎の前に来た。

「他の皆様が来られなかったわけを、お教えしましょうか」

「知っているなら教えてくれ」

孝康が言うと、幸吉は玄十郎を見た。

「玄十郎様、あなたのせいだ」

言われて、玄十郎が不機嫌に返す。

「だから、わたしは跡を継がぬと申しておる」

「そいつは返り討ちにされて、腕に傷を負われたからおっしゃってるのでございましょう」

「返り討ちだと？」

驚く玄十郎を見据《みす》えた幸吉は、皆に聞こえるように言う。

「玄十郎様は、昭石先生に皆の悪口を言って自分をよく見せて、気に入られていたそうじゃございませんか。ご遺言だって、昭石先生は騙《だま》されて書いた物だと、もっぱらの噂ですよ」

これには、孝康が顔を真っ赤にして怒った。

「誰だ！　そのような、でたらめを言いふらしているのは！」

幸吉は、おお怖《こわ》、と言って動じない。ふてぶてしい態度で、さらに続ける。

「でたらめですかね。遺言に異を唱えられた片山の正長様を待ち伏せして、襲ったそうじゃないですか」

「馬鹿な、あれは――」

「片山様が」

弁明しようとした孝康の声に、幸吉が大声で被《かぶ》せてきた。

「玄十郎様を襲った、そうおっしゃると思ってましたよ。でも、妙な話じゃございませんか。片山様は、玄十郎様を殺したって自分が道場主になれるでもなく、なんの得もありゃしない。そんなお人が、町中で刀を抜きますかね。最初に斬りかかったのは、玄十郎さん、あんただ」

玄十郎は幸吉を睨《にら》んだ。

「馬鹿な、わたしはそのような真似《まね》はしない。その場を見ていた者もいるのだ」

「その見ていた者は、どこのどいつです？」

「そ、それは……」

玄十郎は返答に窮《きゅう》した。救ってくれた職人たちの名を聞いていなかったのだ。

孝康が玄十郎に訊く。

「岩城殿が見ておられたのではないのか」

玄十郎は首を横に振る。

「斬り合いを見てはおられぬ」

幸吉がほくそ笑む。

「ほぉら、やっぱり噂はほんとうだ」

「違う。わたしは待ち伏せなどしていない」

必死に言う玄十郎に、孝康が続く。

「そうだ。玄十郎は、そのように卑怯《ひきょう》な真似をする者ではない」

幸吉が孝康に、狡猾《こうかつ》そうな目を向けながら言う。

「まあ、玄十郎さんに道場主の座を譲ると言われて、かばいたい気持ちはわかりますがね。このままじゃ、引き継いだって道場は終わりですぜ。もっとも、ただでお世話になっているあっしらには、どうでもいいことですが」

幸吉は言いたいことだけ言って、帰っていった。

他の門人たちも幸吉に続くように道場を出ていったが、今の話を聞いて、玄十郎に向ける皆の目が冷たくなっていた。

広い道場に二人だけになり、玄十郎が肩を落とす。

「おれを襲ったのは、やはり片山正長だったか」

孝康が顔を向けた。

「今知ったのか」

「襲ってきた者どもは覆面をしていたし、着物も無紋《むもん》だったのでな。それに暗かった。声で正長だとわかったが、事実を知るとやはりきつい。長年、共に汗を流してきた仲ではないか。斬り合いなど、したくはなかった」

「腕を斬り落とされて、お前のことを恨《うら》みに思っているに違いない。噂はお前を貶《おとし》めるために、正長が流しているのだ」

「おれのことはいい。だが、門人たちが集まらなかったということは、お前まで巻き込んでしまったようだ。すまぬ。すまぬ、孝康」

片手を床について、悲痛な面持《おもも》ちで頭を下げる玄十郎に、孝康は言う。

「案ずるな。皆は噂に踊らされているだけだ。そのうち片山の嘘《うそ》に気づけば、きっと戻ってきてくれる。それまで待てばいい」

「そう言ってくれると、救われる」

「悪いと思っているなら、詫びのしるしに一手指南を賜《たまわ》りたいものだが、その腕では無理だな」

孝康が言うので、玄十郎は顔を上げた。

「構わぬ。稽古をやろう」

「冗談を本気にする奴があるか。無理をするな。傷が開くぞ」

「いや、やろう。傷ならほとんど痛みが取れた。そろそろお前と稽古をしたいと思っていたのだ。片手でどこまでやれるか試してみたい」

「まさかお前、腕の具合がよくないのか」

孝康に言われて、玄十郎は目をそらした。

「玄十郎、正直に言え」

「右手の指に、何も感じぬのだ」

「それはまことか。無理はしないほうがいい」

「大丈夫、大丈夫」

玄十郎は腕を吊っていた布を取り、右手を動かした。

その様子を黙って見ていた孝康が、玄十郎に木刀を渡す。

「傷の具合がよいか悪いかは、おれが決める。構えろ」

玄十郎はうなずき、孝康と向かい合う。

孝康が木刀を正眼に構えた。

「容赦《ようしゃ》せぬぞ、玄十郎」

「おう。お前が相手なら、片手で十分だ」

玄十郎は精一杯強がってみせた。

「言いやがったな」

孝康は笑みで言い、玄十郎も笑った。

二人は気合を発して、木刀を交えた。

道場に力を込めた声が響くのは、何日ぶりだろうか。

道行く町の者が足を止めて、土塀《どべい》を見上げている。

玄十郎と孝康は、四半刻《しはんとき》（約三十分）もしないうちに木刀を置き、安倍家の屋敷に共に帰った。

　孝康が玄十郎を一人にしなかったのは、片山の復讐を案じてのこともあるが、木刀を交え終えた今は、もうひとつ理由ができた。

　孝康と玄十郎は食事をすませ、昔のように同じ部屋で眠りに就《つ》いた。床の中でじっとしている孝康は、玄十郎に背を向けながら目を開けている。息を殺して、玄十郎が深い眠りに就くのを待っているのだ。

　床に入って半刻（約一時間）が過ぎた頃、玄十郎が深い眠りに落ちたと見た孝康は、そっと部屋から出て、父康秀の寝所を訪れた。

　今後のことを相談するためだ。

　眠っている父の枕元に座り、声をかけた。

「父上、ご相談がございます」

　目をつむったまま、うむ、と応《こた》えた康秀が起き上がり、孝康に顔を向けた。

「玄十郎のことでございます」

　孝康から玄十郎の右腕のことを聞いた康秀は、深いため息をついて黙り込んでしまった。行灯《あんどん》の火が、康秀の彫《ほ》りの深い顔に影を作り、より一層悲痛な表情に見せている。

「玄十郎は、なんと言うておる」

「まだ傷が癒《い》えていないせいだと明るく振る舞っておりますが、内心は穏やかではないでしょう」

康秀は目をつむった。

「お前はどう思うておるのだ」

「右手に思うように力が入らぬようですので、正直、剣をにぎるのは難しいかと」

「玄十郎から剣を取って、何が残るというのだ」

康秀に言われて、孝康は何も答えられなかった。

「玄十郎は、今何をしておる」

「眠っております」

「悲観して命を絶つやもしれぬ。玄十郎は明るい顔をして胸の内で悩む男だ。目を離すでないぞ」

「はい」

「わしは明日、片山内記殿にお会いする」

孝康はいぶかしげな顔をした。

「会って、なんとされます」

「決まっておる。玄十郎も右腕を失ったも同然ゆえ、これで正長とあいこだ。互いに恨みに思わず、悪い噂を流すことをやめさせ、以後、玄十郎に構わぬことを約束させる」

「素直に従いましょうか」

「案ずるな。内記殿も倉吉道場を盛り立ててきた者の一人じゃ。お前が道場を継ぐと言えば、矛《ほこ》を収めてくれよう」

「では、わたしもまいります」

「うむ。そうしてくれ」

「ご迷惑をおかけして、申しわけございませぬ」

「何、お前が道場主になるのだ。親としては、憂《うれ》いを払うのは当然。玄十郎のことは、剣をにぎれずとも指導はできる。可愛い娘夫婦のことは、わしが面倒を見るゆえ、安心せい」

「はは」

「眠い。話はしまいじゃ」

康秀が床に横になったので、孝康は行灯を消して頭を下げ、部屋を出た。

四

翌日、安倍親子は玄十郎には行き先を告げずに、供の家来を一人連れて片山家を訪ねた。

倉吉道場を長年支えてきた康秀の訪問を受けた片山内記は、

「ようまいられた」

と笑みで迎えながら、茶では味気ないと言って酒肴《しゅこう》を用意した。

このように気配りをするのは、倉吉道場の門人の旗本と御家人の者たちが、孝康の求めに応じず道場に一人も集まらなかったことに、申しわけなさを感じているからではない。

皆が安倍家ではなく片山家に従ってくれたことに満足し、優越感に浸《ひた》り上機嫌なのだ。

片山から酒をすすめられた康秀は、居住まいを正した。

「内記殿、先ほどのご返答を承《うけたまわ》りたい」

銚子《ちょうし》を持つ手を止めた片山が、そのことかとため息をついた。

片山は酒肴の支度が整うあいだに、康秀から玄十郎の腕のことを聞かされ、争いをやめるよう頼まれていたのだ。

「正長は卑怯な池鯉鮒玄十郎めに待ち伏せされて、腕を失った。これは揺るぎのない事実。安倍殿、そこはわかっておられますな」

孝康が話が逆だと言おうとしたが、康秀が止めた。康秀は片山に真顔を向ける。

「そのことは、双方がやったやらぬと言い合い、永久に解決しますまい。ここは喧嘩両成敗……いや、互いに目をつむることが、もっともよいことではないかと」

「息子の腕を斬り落とした池鯉鮒めは憎い仇《かたき》だ。しかし安倍殿に頭を下げて頼まれては、承知するしかあるまい」

康秀は頭など下げてはいない。

片山は頭を下げて頼めと言っているのだ。

康秀は、それですむなら安いものだと胸の内で舌を出し、大げさに両手をついて平身低頭《へいしんていとう》した。

「道場のために、このとおりでござる」

胸を反《そ》らせるようにした片山が康秀を見くだし、孝康を睨む。そして、わざとらしく空咳《からせき》をした。

康秀はその意図に気づき、孝康に顔を向ける。

「孝康、お前もお願いしろ」

康秀に言われて、孝康は頭を下げた。

片山は怒りを込めた目を見開き、揃《そろ》って頭を下げる安倍親子を見くだしたが、すぐに真顔に戻して言った。

「あいわかった。すべて水に流そう」

「では、孝康が道場を継ぐことにも、賛同してくださるか」

康秀の畳《たた》みかけるような願いに、片山は顔を背《そむ》け、庭に目を向けながら言う。

「正長はもはや道場へは通えぬゆえ、わしは倉吉道場のことからはいっさい手を引かせていただく。池鯉鮒以外の者であれば、誰が跡を継いでも構わぬ。どうぞご自由に」

康秀が顔を上げると、片山は笑みでうなずき、

「これは約束の杯《さかずき》といたそう」

酒をすすめるので、康秀はほっと胸をなでおろして、酌《しゃく》を受けた。

孝康にも酌をした片山は、話を変えるように訊いてきた。

「ところで、ご息女《そくじょ》の郁美殿は、縁談が決まっておられるのか」

ここで玄十郎に嫁がせるとは言えなかった康秀は、顔色を変えずに答える。

「いえ、まあ、それなりに」

曖昧な返答に、片山は納得しない。

「決まっておらぬのなら、正長にいただけぬか。腕を失って気がふさいでおるので、美しいと評判の郁美殿と一緒になれれば喜ぼう」

物のように言われるのはこの時代では珍しくないことだが、片山の申し出には、玄十郎から手を引く条件だと言わんばかりの悪意を感じた。

「ありがたいことなれど、実は遠い縁者に嫁がせようと思うて、話を進めております。はっきり申し上げずに、失礼いたしました」

康秀は狸《たぬき》だ。このような嘘をつくことに、なんのためらいもない。

「遠い縁者、か。まあ、それなら仕方がない」

片山は残念そうに言い、手酌《てじゃく》で酒を呷《あお》った。

「父上、そろそろ」

孝康が暇《いとま》を促《うなが》した。

玄十郎は郁美にまかせているが、自害せぬかと心配になった孝康は、片山が和睦《わぼく》に応じたことを一刻も早く知らせてやりたかったのだ。

気づけば、外が薄暗くなっている。

「これは、とんだ長居を」

酒に酔った康秀は、片山にくれぐれも頼むと念押しして、部屋から出た。用人に導かれて玄関に向かう安倍親子の後ろ姿が見えなくなると、片山は歯を食いしばり、怒りに身を震わせた。

襖《ふすま》を開けて、長男の正時《まさとき》と正長が入ってきた。

正長は右腕の晒《さらし》がまだ痛々しいが、憎々しげな顔で父親に迫る。

「父上、まことに和睦するのですか」

「するものか」

片山が怒りに満ちた顔で言う。

「康秀め、何が和睦だ。可愛い我が子の腕を斬り落とされた親の気持ちがどのようなものか、思い知らせてやる」

「では父上、この右腕の仇を取ってくださるのですね」

「当然じゃ。お前が武士として生きる道を断《た》った、憎き池鯉鮒めの息の根を止めねば、わしの気が治《おさ》まらぬ」

玄十郎を嫌い、妬《ねた》み、己が仕掛けておきながら、正長は被害者のように涙を流している。

身から出た錆《さび》だと言えぬ親の心情はわからぬではないが、この時片山が思いついた復讐の手口は、同情の余地がないものであった。

「正時、これからわしが言うとおりにして、弟の恨みを晴らしてやれ」

片山が知恵を授けると、正時が感情のない目を向けた。

「おまかせください。片山家にたてつくとどうなるか、思い知らせてやりまする」

正時が廊下に出ると、三人の家来が影のように現れ、廊下を歩む正時に続いた。


屋敷に帰っていた安倍親子は、神田川を跨《また》ぐ水道橋《すいどうばし》の南詰を歩んでいた。

「孝康、うまくいってよかったの。これでお前は安泰《あんたい》だ。玄十郎も何も恐れることなく外を歩ける。わしはやはり、玄十郎に道場を持たせてやろうと思う。右腕が不自由でも、玄十郎なら、必ず克服《こくふく》するはずじゃ」

「はい」

「お前たちが競い合い、互いの道場を大きくする姿を見るのが今から楽しみじゃ。家のことは兄にまかせて、思い切りやれ」

「はい。必ずご期待に――」

突然、康秀たちの後ろで供の家来が呻き声をあげた。振り向くと、家来の胸から鋭い弓矢の鏃《やじり》が突き出ている。

「おい！」

叫んだ康秀が力を失った家来を受け止めた時、放たれた矢が足に突き刺さった。

「ぐあっ」

激痛に顔を歪《ゆが》めた康秀が、家来と共に倒れた。

倒れながらも康秀は家来を案じたが、家来は何か言おうとして口から血を吐き出し、こと切れてしまった。

刀を引っ提《さ》げて、追ってくる者がいる。

それを見た康秀が叫ぶ。

「逃げろ、孝康」

孝康は応じず、抜刀《ばっとう》した。

この時、三本目の弓矢が放たれた。

孝康は刀を振るって矢を斬り飛ばす。

その隙を突き、曲者が二人がかりで斬りかかってきた。応戦した孝康は、相手の剣に押されて、次第に康秀から離される。

「父上！」

曲者は手強く、孝康は防戦一方だ。

打ち下ろされた刃《やいば》を受けた孝康は腹を蹴られ、土手際に倒れた。すぐに起きようとしたが、目の前に切っ先が突きつけられ、動きを封じられた。

孝康を制した家来の背後で曲者が抜刀し、倒れている康秀に切っ先を突きつける。

康秀は曲者を睨み、同時に驚いて目を見張った。

「貴様、内記の倅か。このようなことをして、ただですむと――」

「黙れ」

正時が康秀の顔を蹴った。

顔を押さえて呻く康秀の腰から刀を奪った正時が、神田川に投げ捨てる。そして、起き上がろうとした孝康に顔を向けた。

「おとなしくしろ。親父の首を刎《は》ねられたいか」

「うっ」

半身を起こしていた孝康は、刀から手を離した。

家来が孝康を立たせ、正時の前に連れていく。

正時は刀を康秀に向けたまま、孝康に命じる。

「親父は預かる。明日の明《あ》け六《む》つ（午前六時頃）までに、池鯉鮒玄十郎の首を持って屋敷に来い。刻限に遅れたら、親父に池鯉鮒の身代わりになってもらう」

「このような真似をして、ただではすまぬぞ」

孝康が言うと、正時は鼻で笑った。

「お前が黙っていれば、誰も咎《とが》める者はおらぬ。まあ、このことが公儀の耳に入れば、安倍家とてただではすまぬ。共にお咎めを受けて、改易《かいえき》よ。だが、池鯉鮒の首が取れるなら、我らはそれを後悔せぬ。お前さえ黙っていれば、真面目に奉公しているお前の兄にも、迷惑をかけることはなかろう。黙って池鯉鮒の首を取ってくればすむことだ」

「おのれ」

孝康が言った刹那《せつな》、正時は康秀の首に切っ先を近づけた。

「人が来る前に早く行け、孝康」

正時が落ち着いた声で言う。

——乱心している。

孝康には、正時が正気とは思えなかった。

「孝康、わしに構わずこ奴らを斬れ」

康秀が言った。悪に媚《こ》びぬ、強い意志を込めた目をしている。

「何をしておる、孝康。ここで屈したら、安倍家の名に泥《どろ》を塗ることになるのだぞ」

康秀に言われて、孝康は脇差に手をかけた。

正時の家来たちが刀を向ける。

孝康には、どうしても父親を見捨てることができない。

康秀はためらう孝康に、お前に託す、と目顔で訴え、殺されてそばに横たわっている家来の脇差を抜いて己の首に刃を当てると、首筋をかき斬った。

「父上！」

孝康は叫び、脇差を抜いて家来に斬りかかった。

一人は見事に仕留めたが、剣の腕に勝《まさ》る他流の正時が、孝康の脇差を弾《はじ》き飛ばした。

「おのれ！」

孝康は怯まず、父の仇に素手で向かっていく。

正時は孝康の当て身をかわし、足を斬った。

「なぶり殺しにしてくれる」

正時は嬉々《きき》とした目でそう言ったが、人が来る気配に気づき、舌打ちをした。

そして、足を斬られて動けぬ孝康の背中に刀を打ち下ろした。

背中を斬られた孝康が、呻き声をあげて突っ伏す。

正時は、通りを歩んでくる人の気配に目を向けて刀を納《おさ》め、その場から立ち去った。

道に人が倒れていることに気づいた侍たちが、

「おい、あれを見ろ」

と言って駆け寄り、大声で人を呼ぶ。

孝康は薄れゆく意識の中、助けてくれようとしている侍の腕をつかみ、最後の力を振り絞《しぼ》った。

「こ、このことを、わ、我が屋敷に……」

孝康は、妹の郁美と玄十郎を案じながら、力尽きてしまった。

五

この日、岩城泰徳が玄十郎を訪ねて安倍家の門をたたいたのは、鮫山から安倍親子の死を知らされ、案じて駆けつけたからだ。

娘婿になる玄十郎の後見を泰徳に頼んだ、康秀の言葉があったからこそ……。

今となっては、康秀の遺言とも言えよう。

康秀の長男康正《やすまさ》は、朝から評定所《ひようじようしよ》の呼び出しを受けて出かけたまま、昼になった今も帰っていないという。

康秀と孝康の骸《むくろ》も、まだ帰っていなかった。

家の者に案内されて屋敷に入った泰徳は、玄十郎と郁美に会った。

二人とも悲しみに打ちひしがれ、やつれた顔をしている。

「いったい何があったのだ」

泰徳が訊くと、玄十郎が悔し涙を流しながら言う。

「やったのは片山内記だ。それしか考えられぬ」

康秀と孝康の訃報《ふほう》が届いた時、郁美は玄十郎に、二人が片山家に行ったことを教えていた。口止めされていたので黙っていたが、まさかこのようなことになるとは思っていなかったのであろう。

「玄十郎様にお教えしていれば、止めてくださったはず。わたしのせいです」

「そなたのせいではない。悪いのは片山だ」

なぐさめる玄十郎に続き、泰徳も言う。

「自分を責めてはいけません。玄十郎殿の言うとおり、悪いのは襲った者どもです。お二人は、何をなされに片山家に行かれたのです」

玄十郎が悔しげに答えた。

「わたしのために、争いをやめるよう頼みに行かれたらしい。そんな二人を、片山は無惨《むざん》に殺したのだ。許せぬ」

憤《いきどお》る玄十郎が、二人の仇を討つと覚悟のほどを告げた時、廊下に人影が現れた。

「兄上」

いち早く気づいた郁美が、康正に歩み寄る。

「兄上、いかがでございましたか」

脱力した様子の康正が、郁美を呆然《ぼうぜん》と見つめ、のろのろと上座に歩んで座る。

死んだような目を郁美に向け、続いて玄十郎を見やる。

「我が家は、改易が決まった」

思わぬ沙汰《さた》に、その場にいる者が皆絶句した。

泰徳が康正に訊く。

「改易の理由はなんです」

「父上と孝康が、市中で片山家の者を闇討ちし、家来を一人斬り殺したからだ」

「そ、そんな馬鹿な」

玄十郎が康正に詰め寄る。

「康正殿、それは違う。安倍様と孝康殿がそんなことをされるわけがない」

「言われなくてもわかっている！」

康正が大声をあげた。そして、悔しげに拳《こぶし》で畳を打つ。

「片山家の家来が、お家の長男の正時が闇討ちされたので、やむなく返り討ちにしたと言って自訴《じそ》してきたそうだ」

「嘘だ。評定所はろくな吟味《ぎんみ》もせず、そのような嘘を鵜呑《うの》みにしたのですか」

「奴らは、はなから調べる気がない。幕府要職に、片山の縁者がいる。おそらくその者が裏で手を回しているに違いない。片山家は二千石の大身《たいしん》。正時は近々、普請奉行《ふしんぶぎょう》見習いに出世するという噂がある。それにくらべて我が家は、無役の三百石。一方的に罪を押しつけて潰したとて、ご公儀にとっては痛くもかゆくもないということだ」

「もう一度、調べなおしてはいただけぬのですか」

玄十郎が言ったが、康正は首を横に振った。

「片山家の家来の自訴が受け入れられたからには、一度決まった沙汰を取り下げさせるのは、万が一にも難しい。もう終わりだ」

康正は落胆して言うと、黙り込んでしまった。

玄十郎が怒りに震える。

「許せぬ」

目に涙を浮かべながら悔しげに言い、玄十郎は立ち上がった。

部屋を出るので泰徳があとを追うと、玄十郎は自分が寝泊まりしていた部屋に入り、文机に向かって筆を取った。

思うように力が入らぬ右手で筆を走らせようとしたが、手から落ちてしまう。

見かねた泰徳が筆を取り、代筆を申し出た。

「かたじけない」

と言った玄十郎の口から次に出た言葉は、果たし合いを突きつけるものだった。

相手は、片山内記正岑。

「闇討ちさせたのは、内記に違いない。安倍様と孝康殿のご無念、ご家来の恨みを、このわたしが晴らす」

玄十郎は泰徳がしたためた果たし状をにぎり、恨みに満ちた顔をした。

泰徳は康秀との約束を果たすために、助っ人を申し出た。

「相手は何を仕掛けてくるかわかりませぬ。一人では、死にに行くようなものです」

「命など惜しんでいては、仇討《あだう》ちはできませぬ」

「失礼だが、その腕では勝てぬ」

泰徳が険しい顔で言うと、玄十郎は右手を左手でつかみ、悔しげな顔をして押し黙った。

泰徳が続ける。

「亡くなられた方々《かたがた》のためにも、生きて倉吉道場を再開してください。それが一番の供養《くよう》だとは思いませぬか」

玄十郎は悲しげな顔を向けた。

「しかし、このまま片山内記を見逃すことはできません。刺し違えてでも仇を取らねば、それこそ亡くなられた方々が成仏《じょうぶつ》できません」

「果たし合いは止めません。ただし、わたしもお供します」

「あなたは、なぜそこまでしてくれるのです」

「むろん、康秀殿との約束を果たすためです。わたしは、あなたの後見を康秀殿から頼まれておりますから、ここで死なせるわけにはいかぬのです」

玄十郎は目を赤くして頭を下げた。

「かたじけない」

泰徳はうなずき、手を差し出した。

「果たし状は、わたしが届けます。共に片山の悪事を暴《あば》き、安倍殿の汚名をすすぎましょう」

うなずいた玄十郎から果たし状を受け取った泰徳は、すぐさま片山家に行き、直接片山内記に渡した。

受け取った片山は、玄十郎からの果たし状だと知るや、泰徳を睨んだ。

「このわしに果たし合いを願うとは、いったいどういう了見だ。悪いのは安倍のほうぞ。池鯉鮒めにしても、正長を待ち伏せして腕を斬ったのだ。果たし合いなど、わけがわからん」

泰徳は片山をじっと見据えながら言う。

「これは仇討ちではござらぬ。一剣士としての、果たし合いの申し出にござる。受けぬは臆病《おくびょう》!」

「おのれ、臆病だと!」

「さよう、臆病だ。旗本が聞いて呆《あき》れる」

泰徳が薄笑いを浮かべて挑発するので、片山は怒りに顔を引きつらせた。

「くっ、くう、むう」

片山は呻きながら泰徳を睨んでいたが、ふと何かを思いついたらしく、表情を和《やわ》らげた。

「一対一の果たし合いか」

「むろんにござる」

一人と聞いて、片山は考える顔をする。

だが泰徳は、片山の胸の内はお見通しだ。一人で現れた玄十郎をいかにして殺すか、すでに決めているはず。

泰徳が見抜いたとおり、片山は果たし合いを受けるにあたり、条件を出してきた。

「場所はこちらで決めたい」

「いいでしょう」

「では、明日の明け六つ（午前六時頃）。浅草橋場町《あさくさはしばちょう》の大川寄洲《よりす》にて待つ。討たれた者は恨みなし。骸《むくろ》はそのまま打ち捨てということでどうじゃ。腐った身体はいずれ、川の水が清めてくれようからの」

「承知した」

「一対一の果たし合いじゃ。約束をたがえるなと、池鯉鮒に伝えてもらいたい」

「承った」

泰徳は頭を下げて片山の前から去り、玄十郎のところへ帰った。

片山は客間から自室に戻り、床の間に置いてある家宝の越前光宗《えちぜんみつむね》を抜刀すると、惚《ほ》れ惚《ぼ》れとした目で刀身を見つめる。

そして、正時と正長を呼んだ。

すぐに来た息子たちを座らせた片山は、光宗を鞘《さや》に納めて言う。

「池鯉鮒めが、わしに果たし状を送りつけよった。勝っても負けても恨みなしの、一対一の勝負じゃ」

「なんと」

正長が驚く。

その横にいる正時は、顔色を変えずに訊いた。

「受けられたのですか」

「うむ。受けた」

片山は平然とした顔で言い、長男の正時に刀を差し出した。

「家宝の越前光宗じゃ。これをお前に託す。わしのかわりに、池鯉鮒を斬ってまいれ」

「果たし合いに、わたしが行ってもよろしいのですか」

「浪人の分際でこのわしに果たし合いを申し込むなど、笑止千万《しょうしせんばん》。手勢を連れていき、斬り刻《きざ》んで魚の餌《えさ》にしてやれ」

憎々しげに言う片山に、正時は真顔で応じた。

「必ずや仕留めてまいります」

「うむ」

刻限と場所を告げた片山が、青い顔をして座っている正長を睨む。

「正長、お前も行き、腕の仇を取るがよい」

目を見開いた正長が、ためらうような顔をしたが、片手をついて頭を下げた。

「この命にかえましても、池鯉鮒の首を取ってまいります」

「次に無様な姿をさらしおったら、このわしが手討ちにするゆえ、覚悟して行け。わしの息子でいたいなら、二度と負けるでない」

「ははあ」

怯《おび》えきって頭を畳に擦りつける弟の姿を見た正時が、片山に言う。

「父上、万にひとつも負けはいたしませぬ。この正時におまかせください」

「うむ、よう言うた。それでこそ、わしの跡継ぎよ」

頭を下げて去る息子たちを見送った片山は、用人を呼びつけ、手練《てだれ》の者を十人ほどつけるよう命じた。

六

果たし合いの朝は、涼しい風が吹いていた。

川土手のすすきが風に揺れ、微かな音を立てている。

澄《す》んだ空気の中、その横を歩む泰徳と玄十郎は、寄洲といわれる大川の中洲《なかす》に近づくと、立ち止まった。

「岩城殿、ここまででよろしゅうござる」

「いや、相手が一人と見定めるまでは」

泰徳は引き下がらなかった。

鳥のさえずりもなく、あたりは静まり返っている。

泰徳は油断なく目を配り、約束の場へ歩んだ。

寄洲へ下り、中ほどまで進む。

「まだ来ておらぬようだ」

泰徳が言うと、玄十郎は羽織《はおり》を取った。

襷《たすき》をかけている着物の懐《ふところ》から紐《ひも》を取り出した玄十郎は、右の腰に落としていた刀を左手で抜き、砂地へ突き立てた。右手を柄《つか》に添えて、紐でくろうとしているので、泰徳は手を貸した。

「かたじけない。きつくお願いします」

泰徳は手首が動くよう加減して紐を巻き、締めつけた。

「これで振ってみてください」

泰徳が言うと、玄十郎は左手で柄をにぎり、大上段から打ち下ろし、手首を返して斬り上げた。

玄十郎が納得したような顔でうなずく。

「十割とはいきませぬが、これなら闘えます」

泰徳は鋭い目を河原に向けた。すると二羽の鳥が飛び立った。美しい雄《おす》の雉《きじ》と、色が劣《おと》る雌《めす》のつがいだ。

泰徳は視野の端に雉の姿を捉《とら》えつつ、一点を見据えている。

すでに刀の鯉口《こいぐち》を切っていた。

河原に生《は》えている木の枝が揺れた。その刹那、鋭く空を切る弓矢が襲ってきた。

抜刀した泰徳は矢を斬り飛ばすと同時に走り、小柄《こづか》を投げた。

きらりと光る小柄が、茂みに消えると同時に、

「うっ」

呻き声を発した者が木陰から現れた。弓を持つ手には、泰徳の小柄が刺さっている。

泰徳は逃げる相手を追わず、土手に目を転じた。

「来たか」

言って下がり、玄十郎のところへ戻る。

「やはり、一人では来なかった」

玄十郎が神妙な顔でつぶやく。その目線の先には、十人を超える侍たちが歩んできていた。

集団の先頭に正時正長兄弟の顔を認めた玄十郎が、悔しげに顔をしかめる。

「片山内記は！」

大声で訊くと、正長が答えた。

「父上が出るまでもない」

「卑怯な真似しかできぬだけあって、果たし合いの礼儀も知らぬと見える」

玄十郎が言うと、正時が立ち止まり、薄ら笑いを浮かべながら言葉を返す。

「卑怯な真似？　なんのことかわからぬな」

「その嘘はもはや通じぬ。安倍様が不意打ちしたのではなく、貴様らが襲って殺したのだろう」

玄十郎が言うと、正時が鼻で笑う。

正長がふてぶてしく言い放つ。

「それがどうした。もとを正せば、貴様が悪いのだ。浪人の分際で倉吉道場を継ごうとした貴様が、すべての元凶《げんきょう》だ」

「やはり、安倍様と孝康殿を闇討ちしたな。卑怯者め！」

「油断するほうが悪いのだ」

「やめぬか、正長」

正時が正長を制し、泰徳に鋭い目を向ける。

「貴様は何者だ」

視線を正面から受けた泰徳は、厳しい顔で答えた。

「甲斐無限流岩城道場のあるじ、岩城泰徳。縁あって、助っ人つかまつる」

「甲斐無限流の噂は聞いている。どのような剣か、とくと見させてもらおう」

正時が顎《あご》を振ると、家来たちが抜刀して前に出た。

泰徳は玄十郎を守るようにして立ち、鯉口を切る。

「つあぁっ！」

斬りかかってきた敵の手首をつかみ、肩を当てる。

「うおっ」

強烈な体当たりで飛ばされた敵が、尻から落ちて倒れた。その力に、家来たちが息を呑む。

「怯むな！」

正長の声に応じた家来たちが、一斉に襲いかかってくる。

泰徳は抜刀し、猛然と出た。

「うおっ」

「ぐうっ」

「ぎゃああっ」

敵の只中《ただなか》に突撃した泰徳が、手や足を斬って傷を負わせ、相手の闘う力を削《そ》いでいく。

命は取らぬまでも、手足に傷を負わせて倒すのが、多勢《たぜい》を相手にするにはもっとも有効だ。

そして敵の只中を突き進み、大将を討ち取る。これが、戦国無双《むそう》の甲斐無限流である。

敵の戦力を見る間に削いだ泰徳の姿は、まさに鬼神《きじん》。

高みの見物をしようとしていた片山兄弟は、目の前に迫った泰徳の凄まじいまでの剣に驚き、正時が慌てて刀を抜いた。

泰徳の一撃を辛うじて受け止めたが、当て身を食らって飛ばされた。

正時は倒れたが、身軽に身を転じて立ち上がり、刀を構える。

「なかなかやるではないか」

自信に満ちた顔で言う正時が、切っ先を下に向けた脇構《わきがま》えに転じ、猛然と前に出た。

「むんっ！」

泰徳の下腹を狙って斬り上げる。

泰徳は剣筋を見切り、紙一重《かみひとえ》でかわすと、正時の足を浅く斬った。

「むう」

正時が怯んだ隙を突き、今度は腕を斬る。

「くっ、ううっ」

たまらず跳びすさった正時が、がくりと片膝をついた。

「玄十郎殿！　今です！」

泰徳が言うや、玄十郎が前に出た。

正時の腕から流れる血を見て、玄十郎は目まいがしたが、必死に頭を振る。

「覚悟！」

不自由な右手で刀を振るったが、正時に弾き返された。

目を血走らせた正時が立ち上がり、玄十郎に斬りかかる。

玄十郎は、正時が打ち下ろす刃をかい潜《くぐ》って前に出て、腹を斬った。

「うっ、ぐふっ」

苦しげに口を開けた正時が刀を落とし、うずくまるように倒れて動かなくなった。

兄の最期を見た正長が、左手で刀を抜いた。

「おのれ！」

怒りの声をあげて、玄十郎に襲いかかる。

刀で受け止めた玄十郎は、正長の手首を左手でつかんで離し、右手に縛りつけている刀を腹に突き入れた。

目を見開き、死の恐怖に顔を歪める正長。

「わ、悪かった。た、助けてくれ」

「貴様が詫びる相手は、この世にはおらぬ」

玄十郎は刀を引き抜き、正長を袈裟《けさ》懸《が》けに斬った。

兄弟が倒されたのを見て、家来たちが逃げていく。

玄十郎は目もくれず、倒した正時と正長のことを悲しげな顔で見下ろし、立ち尽くしていた。

七

果たし合いから数日が過ぎた。

この日は朝から雨が降り続き、暑さが和らいでいた。

雨でぬかるむ道を急いで来た武家の駕籠《かご》が、片山内記の屋敷に入っていく。

玄関の式台につけられた駕籠から降りた中年の侍が、ねぎらいの言葉をかける用人を邪険《じゃけん》に扱い、勝手知ったる奥向きへ急ぐ。

う。

「内記殿、入るぞ」

廊下で声がけして障子を開け放った男は、内記の縁者で、名を春日井正親《かすがいまさちか》という。

片山の悪事を揉み消し、安倍家を改易に追い込んだのは、この男だ。

障子を開け放った春日井は、目を見張った。

中にいた片山は、息子を二人も喪《うしな》ったばかりだというのに、女を両脇に侍《はべ》らせ、膳《ぜん》に載せられた鳥の肉を食らい、酒を飲んでいたのだ。

「おお、正親殿、ようまいられた。共に飲もうではないか」

「おぬし、このような時に酒宴とは、どういう了見だ」

顔を青ざめさせて言う春日井を、片山は一笑に付した。

「跡継ぎならば、外に三人ほどおる。その者どもを屋敷に迎えるゆえ、この家は安泰じゃ。役立たずの正時と正長とは違い、わしの役に立ってくれようぞ」

「おぬし、自分のことしか考えておらぬのか」

「ふん、それの何が悪い。わしが生きておらねば、この家は潰れる。わしはこの世に一人じゃが、子はいくらでも作れる。のう」

女を抱き寄せて胸元に手を入れる片山の醜態《しゅうたい》に、春日井が顔をしかめた。

玄十郎を襲って腕を失った正長の復讐をしようとしたのも、和睦を提案しに来た安倍親子を正時に命じて殺させたのも、すべては片山家の名誉のため。

いや、二千石の殿様である片山正岑自身の、歪んだ自尊心のためだ。息子のことなど、想ってはいなかったのだ。

「正親殿、何をしておる、飲め。誰ぞ、酌をせい」

命じられた女が銚子を持って酒をすすめたが、春日井は断り、厳しい顔を片山に向けた。

「今日は、絶縁を申し渡しにまいった」

杯を口に運びかけていた片山が手を止め、鋭い目を向ける。

「どういうことだ」

「一対一の果たし合いの書状を届け、池鯉鮒玄十郎の助太刀《すけだち》をした者のことを覚えているか」

「確か、岩城道場のあるじであったな。あの者がどうしたというのだ。果たし合いのことは、安倍親子の時のようにうまくやると申したではないか」

「それが、そうもいかなくなった」

「何」

「迂闊であったな、内記殿」

「迂闊だと。わかるように言え」

「相手が悪すぎたのだ。岩城泰徳殿は、甲州様に縁のあるお方だったのだ」

「こ、甲州様じゃと……」

片山は目を見開き、開いた口が塞《ふさ》がらなくなっている。

春日井が言った。

「わしは前のように闇に葬《ほうむ》ろうとしたのだ。しかし、岩城殿から子細《しさい》を耳にされた甲州様が、出張《でば》ってまいられた。もはや、わしにはどうにもできぬ。安倍親子を斬ったのが、おぬしの破滅の元よ。後日、評定所からお呼びがかかる。ご老中と御目付が直々《じきじき》に問われるそうじゃ。くれぐれも言うておくが、皆、甲州様から子細を聞いておられる。言いわけは通用せぬぞ。神妙にいたし、武士らしく正直に話してお詫びを申し上げろ」

「このわしに頭を下げろと申すか。なんとかしろ、正親殿」

「わしはお役御免となり、蟄居《ちっきょ》を命じられた。もう二度と、おぬしに会うこともあるまい」

春日井は女から銚子を奪って杯に酒を注ぐと、顔を蒼白《そうはく》にしている片山を見た。

「別れの杯を賜る」

そう言って飲み干し、杯を懐に入れて帰っていった。

女たちを下がらせた片山は、一人呆然と座っていたが、恨めしげな顔を庭に向けた。

「人に頭など下げてたまるものか。誰にも、このわしを罰することなどさせぬわ」

目を充血させて叫んだ片山は、脇差を抜いて腹に刺し、かっさばいて果てた。

この自害により、片山家は家禄没収のうえ断絶。

疑いの晴れた安倍家はお咎めなしとなり、康正が家督《かとく》を継ぐことを許された。

池鯉鮒玄十郎は、名を本姓の松谷に改め、松谷玄十郎として生きた。

倉吉道場は、昭石の遺言どおりに玄十郎が継ぎ、妻となった郁美は三人の男子を産み、立派に育て上げたという。

その後、倉吉道場は三代続き、流派に伝えられた奥義の片手打ちは、必殺の剣として無敗伝説を生み、剣客たちから恐れられたという。

第四話　江戸城の闇

一

貞享元年（一六八四）八月二十八日。

新見左近こと甲府藩主徳川綱豊は、お城揃《しろぞろ》えのため登城していた。

八月は何かと登城する機会が多い。

特に一日は、徳川家康《いえやす》が初めて江戸城に入った記念の日で、八朔《はっさく》の祝賀がおこなわれた。

白帷子長裃姿《しろかたびらながかみしもすがた》の大名旗本が総登城し、将軍に太刀《たち》と馬代を献上する習《なら》わしで、将軍家との主従関係を強める由緒《ゆいしょ》ある儀礼の日なのだ。

これを終えれば次は十五日のお城揃え。そして二十八日の今日もお城揃えだ。

染帷子麻裃《そめかたびらあさがみしも》で登城していた左近は、将軍綱吉への拝謁《はいえつ》をすませて控えの間に入っていたのだが、綱吉から聞いた政《まつりごと》のことで、いささか気が重くなっていた。

長男徳松君《とくまつぎみ》を亡くして以来、お世継ぎに恵まれぬことを気にしている綱吉は、殺生御法度《せっしょうごはっと》の新法を本気で発布《はっぷ》しようとしている。

これに反対する者は、大老の堀田筑前守を筆頭に幕府内でも多かったが、声に出して訴えるのは、堀田大老と左近のほか、数名しかいなかった。

特に堀田大老は、綱吉を将軍の座に押し上げたという自負があり、気に入らなければ遠慮なく物を言う。

これを疎《うと》んだ綱吉は、拝謁した左近に、

「筑前めがうるさく言うので、なかなか思うようにならぬ」

と、憎々しげに堀田大老への不満を述べた。

左近に対して直接は口に出さぬが、

(そちも黙っておれ)

綱吉の不機嫌な表情には、発布に反対する左近に対し、警告を含めているようにも思える。

殺生を禁止して仏のご加護を賜《たまわ》り、世継ぎに恵まれようとする綱吉の考えは、綱吉の母桂昌院《けいしょういん》の助言によるものだけに揺るぎない。

これには堀田大老も気を揉《も》み、先ほど廊下ですれ違う左近に場を譲った時、

（もう、止められませぬ）

という目顔を向けて、首を横に振って頭を下げた。

これより少し前、綱吉の怒鳴る声と、堀田大老が諫《いさ》める声が廊下に響いたのを、左近は耳にしている。

「お世継ぎがお生まれになるまでの辛抱《しんぼう》でございましょう」

こう言ったのは、左近のそばに仕《つか》える間部詮房だ。

聡明《そうめい》な間部は、この件については将軍家に従うべきだと左近に言上《ごんじょう》している。

それだけ綱吉の想いが強く、異を唱《とな》えれば、たとえ左近であってもこの先どのようないやがらせをされるかわからぬというのだ。

間部の忠告どおり、綱吉から釘を刺された左近は、反対の意見を述べることをあきらめ、かたちばかりの拝謁をすませて控えの間に戻っていた。

本丸御殿で世を震撼《しんかん》させる事件が起きたのは、左近が下城の支度をはじめた時だった。

にわかに外が騒がしくなり、慌《あわ》ただしく廊下を行《ゆ》き交《か》う足音がする。

「殿、一大事にございます」

間部が左近の部屋に入り、片膝《かたひざ》をついて告げる。

「御用部屋にて、稲葉石見守《いなばいわみのかみ》殿が刃傷《にんじょう》に及びましてございます」

「何！」

城中で刀を抜けば、ただではすまぬ。

「石見守殿は、誰を斬ったのだ」

「ご大老、堀田筑前守様にございます」

左近は愕然《がくぜん》とした。

脱ぎかけていた長袴《ながばかま》を直し、外に出る。すると、廊下には大名旗本が大勢出ており、騒がしかった。

左近は、慌てふためいている小姓や茶坊主たちをかき分けるようにして進み、稲葉が刃傷に及んだ御用部屋に急ぐ。

「誰か、医者を！」

切迫した声に交《ま》じり、気合の声がする。

左近が行くと、短刀を持つ稲葉が、老中たちに囲まれていた。

左近が止めに入ろうとした時、老中大久保忠朝《おおくぼただとも》が斬りかかった。

腕を斬られた稲葉が、苦痛に顔を歪《ゆが》める。

続いて老中阿部正武《あべまさたけ》が斬り、老中戸田忠昌《とだただまさ》も斬りかかる。

三人の老中にめった斬りにされた稲葉は、血まみれになりながらも廊下を歩み、短刀を振り回している。

「ご乱心！　ご乱心！」

小姓が叫ぶが、左近を見つけた稲葉は、何かを訴える目をした。

(だま、された)

声は聞こえぬが、左近には、苦痛に歪む稲葉の口が、そう言ったように見えた。

そこへ、堀田大老の長男正仲《まさなか》が現れ、

「おのれ稲葉！」

叫ぶや、とどめを刺した。

江戸城中で大老を襲うという大罪を犯《おか》した稲葉は、老中たちにめった斬りにされて倒れ、正仲に刺殺された。

左近は何があったのか老中たちに訊《き》こうとしたが、目の前に間部が現れ、行く手を阻《はば》む。

「殿、控えの間にお下がりください」

「放せ、放さぬか」

左近が言ったが、間部は小姓と共に左近を押し返してくる。

「ここはお控えください。口を出してはなりませぬ」

間部の言わんとしていることはわかるが、左近は黙っていられない。

押し返して行こうとしたが、間部はさらに人を呼んで左近を囲み、無理やり部屋に押し込めた。

「殿、この件に関わってはなりませぬ」

「間部、何ゆえ止める」

「理由は、言わずともわかっておられるはず」

左近は、はっとした。

「まさか――」

「それ以上は、ここで口にしてはなりませぬ」

間部に言われて、左近は青い顔をして言葉を呑《の》み込んだ。

ようやく落ち着きを取り戻した左近は、案ずる小姓たちに大丈夫だと言って手を放させ、控えの間に戻った。

間部は急ぎ下城の支度をするよう小姓たちに命じ、左近に着替えを促《うなが》す。

下城の命令が出たのは程なくのことで、大名と旗本が次々と去っていく。

尾張《おわり》、水戸《みと》、紀伊《きい》の徳川御三家《ごさんけ》も下城を命じられて、いそいそと帰っていく中、左近も続いて本丸をあとにした。

堀田大老の死が知らされたのは、二日後だ。

稲葉に刺された堀田は、大手門《おおてもん》前の屋敷に運ばれたのだが、手当ての甲斐《かい》なく、その日のうちに息を引き取っていた。

さらに数日が過ぎ、こたびの事件に対する処罰がくだされた。

刃傷に及んだ稲葉家は改易《かいえき》処分となり、堀田家は長男の正仲が家督《かとく》を継ぐことを許されたものの、父が江戸城内で殺害されるという失態により、これから先は懲罰《ちょうばつ》ともいえる領地替えがおこなわれることになる。

これをもって、江戸城中で起きた事件は落着されたのだが、ひと月も経《た》たないうちに、稲葉が堀田を斬った理由について、いくつかの妙な噂《うわさ》が立ちはじめた。

ひとつは、稲葉が手がけていた淀川《よどがわ》治水の役目に、堀田が難癖をつけてはずしたからだというもの。

もうひとつは、稲葉の乱心により、偶然居合わせた堀田が刺されたのだというもの。

問題は、最後の噂だ。

堀田大老は、将軍綱吉とのあいだに確執が生じていて、綱吉が稲葉を使って始末したのではないか、というものである。

民衆というものは、とかく派手な噂を好む。

噂はたちまちのうちに市中に広まり、やがて江戸城中にいる綱吉の耳にも入った。

市中にくだり自分の耳で噂を聞いた左近は、このままでは将軍家の威光に関わると思い、真意を確かめることにした。

間部を部屋に呼んだ左近は、

「柳沢保明《やなぎさわやすあき》殿に会い、話を聞きたい」

と言って、反対する間部を押し切り、お忍びで会う手はずを整えさせた。

しかし柳沢は多忙を理由に会おうとせず、刃傷事件から二月《ふたつき》が過ぎた。

十月二十八日のお城揃えで登城した左近は、将軍綱吉に拝謁し、いつものあいさつですませようとしていたのだが、綱吉が下がろうとした左近を呼び止めた。

「そちに言うておくことがある」

綱吉は機嫌よく言う。

「余《よ》はあの事件以来、誰も信用できぬようになってしもうた。特に老中どもは、腹の内が読めぬ。ゆえに、余は表に出るのを控えることにする。何か用があれば、すべてここに控える両名を通すように」

綱吉のそばに控えていた柳沢と、側用人《そばようにん》の牧野《まきの》備後守成貞《びんごのかみなりさだ》が、厳しい表情で左近に頭を下げた。深々とではなく、軽くだ。

睨《にら》むような目で顔を上げた柳沢が、左近に言う。

「甲州様は、先日それがしにお忍びでの面会を求められましたが、なにぶんにも忙しく、ご無礼つかまつりました。よろしければ、この場にてお話を賜ります」

「いや、よい」

左近が断ると、柳沢が目を細めて探るような顔をした。

「上様の前では都合が悪いと仰《おお》せか」

左近は柳沢を見据《みす》えながら言う。

「上様のお耳に入れれば、気分を害されるかと思うたまでじゃ」

「余なら構わぬ。言いたいことがあれば遠慮せず申せ、綱豊」

綱吉に言われて、左近は応じた。

「わたしが柳沢殿に訊きたかったのは、堀田殿を上様が殺させたという噂のことでございます」

「そのことか」

綱吉は不機嫌になった。

「余は知らぬことじゃ」

「もちろん存じております。ただ噂の出どころを探りたく、柳沢殿ならご存じかと思い、会って話をしたかったのでございます」

柳沢は明らかに動揺した。

綱吉は左近にうなずき、柳沢に顔を向ける。

「保明、そちは知っておるのか」

「いえ、存じませぬ。けしからぬ噂のことは、ただ今、手の者に調べさせてございます」

綱吉が左近に顔を向ける。その目は警戒する目つきだった。

「そういうことだ、綱豊。堀田のことは、稲葉の乱心ですでに決着がついておるが、何か不服があるのか」

「いえ、ございませぬ」

「ならば、つまらぬ噂に振り回されるでない。そちが詮索《せんさく》すれば、噂を立てた者どもによって、余は大老殺しにされてしまうではないか」

綱吉の言葉に、柳沢が続く。

「上様のおっしゃるとおりにござる。甲州様、お控えなされ」

柳沢が強い口調で言い、牧野は厳しい目を左近に向けている。

大老がいなくなった今、側近であるこの二人が急速に力を増し、老中たちは顔色をうかがうようになりつつある。

これ以上、左近が物申すことは許されなかった。

押し黙る左近に、綱吉が言う。

「困ったことがあれば、そなたには力になってもらう。これまでどおり、よろしく頼むぞ、綱豊」

「はは」

左近は頭を下げ、引き下がった。

黒書院《くろしょいん》を辞し廊下を歩んでいると、柳沢があとを追ってきた。

「甲州様」

立ち止まった左近の前に立った柳沢が、鋭い目を向けて言う。

「くれぐれも堀田殺しの件については、詮索なさりませぬように。上様のご機嫌をそこねますと、甲州様とて……」

柳沢は、あえてその先は口にしなかった。

「余を脅《おど》すか」

左近が言うと、

「脅しではございませぬ」

柳沢は即座に返し、頭を下げた。

「忠告、胸にとめておく」

左近が言い、廊下を歩む。

その後ろ姿を見据えた柳沢が、目線を鋭くして不敵な笑みを浮かべた。

二

堀田大老の事件に関する噂は、その後も絶《た》えることはなかったが、これとは別に、徳川譜代の家臣たちと江戸庶民のあいだでは、

「改易となった稲葉の後釜《あとがま》は、誰になろうな」

という話題で持ちきりだ。

つまり、幕府若年寄《わかどしより》の座についてだ。

旗本から選出されれば万石の大名になり、譜代大名から選ばれれば、加増が約束される。

さらに、若年寄という要職に就《つ》けば、あらゆるところから付け届けが送られるようになり、お家の台所は大いに潤《うるお》う。

今は、お家の誉《ほま》れよりも、財政面に期待して役職を狙う者が多い。

これは、泰平の世で庶民の暮らしが豊かになるにつれて物価が上昇し、長年家《か》禄《ろく》が据え置きの大名家や旗本家では、財政が逼迫《ひっぱく》している家が多いからだ。

下総小見山藩《おみやまはん》一万石の大名、赤沢《あかざわ》家も、三十年近く変わらぬ家禄によって、財政に苦しんでいた。

「なんとかせねば、藩が立ちゆかなくなる」

と、重臣たちが焦《あせ》っていた時に、堀田の事件が起きた。

稲葉家が廃された数日後には、次期若年寄の噂がされるようになり、最有力の候補者が七千石の旗本、本間大和守光正《ほんまやまとのかみみつまさ》。

その次に名があがったのが、小見山藩主、赤沢羽前守竜英《うぜんのかみたつひで》だった。

江戸市中では、どちらが若年寄になるかと噂され、博打《ばくち》好きのあいだでは、賭《か》けごとにもなっている。そのせいで、職人たちが集まる上野町《うえのまち》の安酒場でも、客の話題は若年寄のことばかりだった。

にぎやかな店の角へ座り、客たちの話題に耳を傾《かたむ》けながら黙って酒を舐《な》めている男がいる。

着ている木綿《もめん》の着物と袴は古いが、清潔に保たれていて、月代《さかやき》も伸びていない。おそらく、共に暮らす家族のおかげであろう。

二年前に主家が断絶となり、路頭に迷って江戸に流れ着いたこの男は、武州《ぶしゅう》の浪人で、名を野尻久治郎《のじりひさじろう》という。

床几《しょうぎ》に置いてある刀はこしらえもよく、以前はそこそこの家禄があったことをうかがわせる。

黙って酒を飲む野尻を、店の奥から見ている人影が二つある。

一人は着物をぞろりと着こなしたやくざ風の男で、もう一人は高そうな着物と袴を着け、覆面で顔を隠した侍だ。

やくざ風の男、口入屋《くちいれや》『ゆめ屋《や》』の宗二郎《そうじろう》が、覆面を着けた侍に小声で言う。

「どうです、あのお侍ですがね」

「確かに腕が立ちそうだな。よし、あの者に決めた。あとのことは、そちにまかせる」

覆面の侍は言い、懐《ふところ》から五十両もの大金を取り出して渡し、裏口から帰っていった。

宗二郎は小判の包みを両手に持って打ち鳴らし、舌なめずりをして懐にねじ込む。

客に注文の酒を出しに板場から出てきた小女《こおんな》の尻をぽんとたたいて、折敷《おしき》からちろりを取ると、

「酒をどんどん持ってきてくれ」

上機嫌で言い、店の中に進み出た。

一人で酒を飲んでいる野尻のところに行くと、

「いかがであった」

野尻は宗二郎の顔を見もせずに訊いてくる。

「へへ、旦那、先方は気に入ってくださいましたぜ」

宗二郎が言うと、野尻は意外そうな顔を向けた。

「まことか」

「嘘《うそ》を言ってどうするんです。このゆめ屋宗二郎に、二言はございませんよ」

「では、仕官が叶《かな》うのだな」

「ええ、それはそうですがね、その前にひとつ条件があるそうです」

「条件?」

酒を飲む手を止める野尻に、宗二郎は酌《しゃく》をして飲ませ、あたりを見回して声を潜《ひそ》めた。

「何せ、今度のお家は格式高いお家でございましてね。殿様は、お上にかわって悪人を成敗するお役目を承《うけたまわ》ってございます」

「さようか、それはよいことじゃ」

「先方は旦那のお姿を見て、剣の腕が立ちそうだとおっしゃいましたが、見かけ倒しでないことを確かめたいと」

「うむ。して、何をすればいい」

「悪人を一人、成敗してみせよとのことです。首尾《しゅび》よく成敗したあかつきには、百石で召し抱えるそうです」

思わぬ高禄に、野尻は表情を明るくした。だが、すぐに心配そうな顔になり、

「人を斬らねばならぬのか」

と、ため息をつく。

「やはりそこですか。お侍といえども、人を殺《あや》めるのはいやでございますよね。ですが旦那、相手は虫けら同然の極悪人だ。生かしておいちゃ、こうしているあいだにも不幸な者が増えている。旦那、そう思いませんか」

「ううむ」

「世の中のために働いて、百石いただけるのですぜ。お父上と妹さんにお喜びになっていただける。何よりも、念願の仕官が叶うのですよ、旦那」

畳《たた》みかける宗二郎のおかげで、野尻はその気になってきた。

「それもそうだな。よし、やろう」

「そうこなくっちゃ」

「して、相手は」

「その極悪人は、明晩斬っていただきやす。明日の暮《く》れ六《む》つ（午後六時頃）に、ここで待っていてください。あっしがご案内しやすんで」

「そうか。あいわかった」

野尻は承諾して帰っていった。

そして翌日。

暮れ六つ前に店を訪れた野尻は、酒を飲まず、白湯《さゆ》で喉《のど》の渇きを潤して待っていた。

「旦那、お待たせしやした」

程なく現れた宗二郎と共に店を出た野尻は、案内に従って神田に向かった。

御堀の鎌倉河岸《かまくらがし》にほど近い場所で、表通りから一筋入った石畳の路地を奥に突き当たったところに、菊正《きくまさ》という料理茶屋がある。

宗二郎は、菊正の表が見張れる旅籠《はたご》の二階に案内した。

悪人は今夜、菊正で仲間と落ち合い、悪事の相談をしているという。

「見た目は侍ですがね、中身は別人ですよ。東海道を荒らし回る、大盗っ人の頭《とう》目《もく》でござんす」

「ほぉう」

「こいつがふてぇ野郎で、二本差しの侍の格好をしているものですから、堂々とお武家の名を騙《かた》ってやがるので」

「名は」

「それがいろいろと変えているようで、はっきりこれとは言えませんが、あっしが調べた中では、田中 某《たなかなにがし》だったかと思えば、本多《ほんだ》、柳沢、牧野などなど……そりゃもう今をときめくご公儀のお偉方ばかりで、手がつけられやせんや。今はどなたの名を騙っていやがるか。まさか堀田はないでしょうがね」

がはは と笑う宗二郎が、障子の隙間《すきま》から顔をそらした。

「旦那、出てきやした」

言われて野尻が隙間からのぞくと、料理茶屋の女に見送られて、ちょうちんを持った侍が石畳の路地を歩む。

細い路地を出た先には、黒塗りの駕籠《かご》が待っていた。

「れっきとした武家ではないのか」

「言ったでしょ。そう思わせるのが奴らの手でござんす。待っているのは盗賊の手下どもでさ。さ、旦那、急ぎやしょう。駕籠に乗ったら厄介《やっかい》だ」

「うむ」

二人は段梯子《だんばしご》を駆け下り、裏から出て路地を回り込んで待ち伏せした。

「旦那、しっかり頼みますよ」

「わかっておる」

ひとつ息を吸って吐いた野尻は、悪党の前に出た。

「ここが年貢の納《おさ》め時《どき》だ、悪党め」

立ち止まった悪党が、落ち着いた顔を向ける。

「人違いをいたすな。わしの名は本間大和守じゃ」

「なるほど、今、噂のお人の名を騙るか」

野尻は名乗らず抜刀《ばっとう》した。

「まいる！」

問答無用で斬りかかり、悪党を袈裟懸《けさが》けの一刀で倒した。

「やっ、何をする！」

手下が叫んで駆けてきたが、もう遅い。倒れた悪党は、目を開けたまま絶命していた。

「おのれ、よくも」

二人の手下が抜刀し、

「殿の仇《かたき》！」

と叫んで斬りかかった。

野尻は一撃を跳ね上げて斬る。そして後ろから襲った二人目の胴を払った。

見事としか言いようのない剣さばきに、駕籠のそばにいた担《かつ》ぎ手《て》が悲鳴をあげて逃げ去った。

幸い路地に人は出ておらず、刀の血振《ちぶ》りをして鞘《さや》に納めた野尻が、その場から立ち去ろうとした。

きびすを返すと、目の前に宗二郎が現れた。

「旦那、お見事」

「おう。早くここを立ち去ろう」

「逃げ道はあちらでさ」

横手の細い路地を示されて、野尻はそちらに向かった。

絶命している手下の刀を奪った宗二郎が、

「急ぎやしょう、旦那」

言って走り、野尻の背中を斬った。

「うおっ！」

驚愕《きようがく》の顔で振り向き、刀を抜こうとした野尻の腹に、宗二郎が刀を突き入れる。

「うっ」

短い呻《うめ》き声をあげて目の焦点《しようてん》を失った野尻の胸ぐらをつかんで、手下たちの骸《むくろ》の横に倒した宗二郎は、あたりに人の目がないのを確かめると、手下に自分の刀をにぎらせ、野尻にも刀を抜いて手に持たせる。

立ち上がった宗二郎は、暗い路地に駆け込んで逃げ去った。

三

上野町二丁目の黒鍋長屋《くろなべながや》の木戸から、侍二人と手下六名が駆け込んできた。

路地にいた長屋の女房に、

「野尻久治郎の部屋はどこだ」

厳しい声で問い、女房が示した部屋に鋭い目を向ける。

部屋の前に行くと、訪《おとな》いも入れずに腰高障子《こしだかしょうじ》を開けて中に入った。

台所で夕餉《ゆうげ》の支度をしていた若い娘が目を丸くして息を呑み、動けなくなっている。

じろりと睨んだ侍が、座敷に目を向けて初老の男に問う。

「貴様らは、野尻久治郎の親兄妹か」

初老の男が侍らしく居住まいを正し、両手を膝に置く。

「久治郎の父、佐平《さへい》でございます。あれは妹の夏江《なつえ》にございます。狭山《さやま》家のお方でございますか」

「公儀目付役じゃ。野尻久治郎が大罪を犯したゆえ、部屋の中を調べる。そこを一歩も動かず、神妙にしておれ」

「息子は何をしたのでございますか」

「旗本、本間大和守殿を斬り殺したのだ」

「そ、そんな馬鹿な。息子は、そのようなこと——」

佐平が、はっとしたのを、目付役は見逃さない。

「貴様、何か知っておるな。野尻久治郎は、何ゆえ本間殿を斬った」

「息子が斬ろうとしたのは、そのお方ではございません。東海道を股にかける大盗っ人を斬れば仕官させると、狭山家のお方に言われたのでございます」

「狭山とは何者だ」

「お上にかわって悪を成敗するお役目をなさっておられると、息子が申しておりました」

もう一人の目付役が、落ち着いた口調で訊く。

「狭山、なんという名だ」

「狭山家としか聞いておりませぬ」

「嘘をつくとためにならぬぞ」

「ほんとうでございます」

鋭い目を向けて聞いていた目付役が、佐平に言う。

「まことに知らぬのだな」

「はい。息子は今、どこにいるのでございますか」

「本間家の方々《かたがた》が刺し違えて成敗しておる。大罪人ゆえ、骸《むくろ》は帰らぬと覚悟いたせ。そのほうらには追って沙汰《さた》があるゆえ、江戸から出ることまかりならぬ」

家族にも累《るい》が及ぶということだ。

佐平は懇願《こんがん》した。

「息子は騙《だま》されたに違いありませぬ。どうか、ゆめ屋宗二郎をお調べになってください」

「何者だ」

「口入屋でございます。息子は、宗二郎から仕官の話を持ちかけられたと申しておりました」

「ゆめ屋宗二郎なら、わしが知っておる」

年上の目付役が言った。

「よし、わしが今から行って調べてみよう。おぬしは部屋を調べておれ」

「はは、承知しました」

目下の目付役が応じると、年上の目付役はゆめ屋に向かった。

残った目付役と配下の者たちは土足で上がり、家捜《やさが》しをはじめた。

夏江は、部屋の中が荒らされるのを止めようとしたが、佐平が制する。

久治郎が証《あかし》を持っているはずもなく、何も出てこなかった。

程なく、ゆめ屋から戻ってきた目付役が、宗二郎は久治郎に仕官の話など持ちかけていないと言う。

「そんな馬鹿な……。久治郎は確かに、そう申しておりました」

佐平が言ったが、

「久治郎は以前、本間大和守に仕官を頼み、無下《むげ》にされたと恨《うら》み言《ごと》を申しておったそうだ。これは、恨みによる殺しに違いない。それを悟《さと》られぬために、嘘を申したのだろうな」

目付役は、そう決めつける。

「同情する」

目付役は気の毒そうな顔で言い、累が及ばぬように便宜《べんぎ》を図ってやろうとまで続けた。

佐平は、夏江のために頭を下げた。

「それがしは、親としてどのようなお咎《とが》めも受けまする。娘だけは、お見逃しくださいますよう」

そう言って、なけなしの銭を差し出した。

小銭と小粒銀、一分金などが入った袋には、二両に少し足りない金額がある。

渋い顔をした目付役であるが、

「まあ、よかろう」

懐にねじ込み、帰っていった。

佐平は表の戸を閉め、役人に荒らされた部屋の片づけをはじめた。

「父上」

「言うな。何も言うでない」

「でも兄上は、悪人を成敗するとおっしゃったではありませんか」

「久治郎は騙されたのだ」

佐平は久治郎が使っていた筆をにぎりしめ、悲痛な面持《おもも》ちをしている。

「まさか罪人にされるとは、思ってもみなかったであろう」

「兄上は、騙されたのですか」

佐平はうなずいた。

「宗二郎め、許さぬ」

佐平は筆を置き、刀掛けに目を向けた。

夏江が異変に気づいて、佐平の前に座る。

「父上、何をなさるおつもりです」

「案ずるな、馬鹿な真似《まね》はせぬ。それより、今宵《こよい》は久治郎を送ってやる。酒を求めてきてくれぬか」

弔《とむら》いをすると言われて、夏江は素直に馴染《なじ》みの酒屋に酒を買いに出た。

しかし帰る途中で、自分がいないあいだに佐平が仇を討ちに行くのではないかと思って、足を速めた。

部屋に帰ると、線香の香りがした。

佐平がいたので、夏江はほっと胸をなでおろす。

いつも兄が使っていた文机《ふづくえ》の上で線香が煙を上げ、蠟燭《ろうそく》が灯《とも》されている。

佐平は久治郎の産毛《うぶげ》で作っていた筆を懐紙《かいし》に包み、供養《くよう》していたのだ。

夏江は戻ってくる久治郎のために買っておいた、蓮根《れんこん》を入れた笊《ざる》を持って井戸端に行った。

土を洗いながら、あふれてくる涙を拭《ぬぐ》った。我慢しようとすれば余計にこらえきれなくなり、両手で顔を覆《おお》ってむせび泣いた。

外にいた長屋の女たちが、泣いている夏江を見て心配し、どうしたのかと声をかける。

夏江は、なんでもないと言って笑みを浮かべてみせ、冷たい水で蓮根を洗い終えると、兄が好きだった蓮根の甘辛煮《あまからに》を作りに戻り、黙って膳《ぜん》の支度をした。すべてを整え終える頃には、すでに日が暮れていた。

行灯《あんどん》をつけず、弔いの蠟燭の明かりの中で、佐平と夏江は食事をはじめた。

互いに悲しみに沈み、佐平が蓮根を嚙《か》む音だけが、小さな部屋に響いている。

佐平は欠け茶碗に酒を酌《く》んで久治郎の霊前に供《そな》え、静かに酒を含んだ。

そして、夏江に言う。

「お前は、何も心配することはない。決まっていることを、たがえてはならぬぞ」

「…………」

夏江は返事をせず、呆然《ぼうぜん》とした様子で座っている。

「夏江、よいな」

佐平が念押しして、夏江はやっと顔を向けた。

「何か、言われましたか」

「亀屋《かめや》との約束を、たがえてはならぬと申したのだ」

「父上は、どうされるのですか」

「わし一人くらい、なんとでもなる。長屋の連中もようしてくれるゆえ、案ずるな」

「それでは父上が、お一人になってしまいます」

「構わぬ。お前が幸せになってくれることが、わしの幸せでもある。寂しくもなんともない」

佐平はそう言うと横になり、程なく寝息を立てはじめた。

そして翌朝、姿を消した。

夏江が目覚めた時にはすでに姿はなく、一通の文《ふみ》が置かれていた。

文には、夏江の幸せを願うことばかりが書かれていて、決して捜さぬようにという言葉で締めくくられていた。

夏江は朝靄《あさもや》の立ち込める外に飛び出して捜したのだが、佐平を見つけることはできなかった。

この時佐平は、浅草の竜光寺《りゅうこうじ》門前町に姿を現していた。

まだ戸を閉《た》てている商家のあいだの暗がりに身を潜め、ゆめ屋の表の戸が開くのを待っている。久治郎を騙した憎き宗二郎を斬るため、虎視眈々《こしたんたん》と機会をうかがっているのだ。

蜆売《しじみう》りが通りかかった。身を潜める佐平に気づき、不審な目を向けて通り過ぎていく。

場所を移動し、一旦表通りから離れようかと思った時、駕籠が辻《つじ》を曲がってきた。

佐平は身を隠して見送る。すると用心棒を二人付き添わせた駕籠が、ゆめ屋の前に止まるではないか。

用心棒が潜《くぐ》り戸《ど》をたたくとすぐに開けられ、迎えが出てきた。

妾《めかけ》のところにでも泊まっていたのか、駕籠から宗二郎が降りて空を見上げる。

佐平は鯉口《こいぐち》を切り、歩み出た。

気づいた用心棒が、険しい顔を向けてくる。

佐平は物も言わずに抜刀して刃《やいば》を振るった。

「じじい、何か用か」

「うおっ」

跳びすさった用心棒が刀を抜く。

佐平は駕籠かきをどかせて前に進み、店の中に逃げた宗二郎を追って入った。

「てめぇ、何しやがる」

若い衆が佐平を取り囲む。

座敷の奥へ逃げた宗二郎が、佐平を睨んだ。

「このおれ様に殴り込みをかけるとは、じじい、てめえ、おつむりがいかれてやがるな」

「黙れ。よくも、よくも久治郎を騙したな」

野尻の名を聞いて、宗二郎の顔色が変わった。

「何者だ、貴様」

「わしは久治郎の父親じゃ。息子の無念を晴らしにまいった。覚悟せい」

佐平が刀を振るって手下どもを下がらせ、座敷に上がる。

「野郎！」

匕首《あいくち》で斬りかかった手下を、佐平が斬る。

「ぎゃあああっ」

腕を押さえて悲鳴をあげる手下をどかせて前に出る佐平の前に、浪人者が立ちはだかった。

眼光の鋭い浪人者が、

「おれが相手をしてやる」

と言うなり抜刀し、

「たあっ！」

猛然と斬りかかった。

一撃を刀で受け止めた佐平であるが、浪人者に突き飛ばされ尻餅《しりもち》をつく。

「むんっ！」

大上段から打ち下ろされた刀を、佐平は必死に受けたが、力で押し込められ、肩に刃が食い込む。

「ぐっ、うう」

激痛に顔を歪める佐平。

浪人者はにたりと笑い、刀を引き斬る。

肩を深々と斬られた佐平が、呻き声をあげた。その刹那《せつな》、浪人者が胸に刃を突き入れる。

心の臓を貫《つらぬ》かれた佐平は、目を開けたまま絶命した。

その死に顔を見に来た宗二郎が、舌打ちをする。

「畳が汚れちまったじゃねぇか。おう、大川にでも捨ててこい」

命じられた若い衆が、佐平の骸《むくろ》を裏手に運んでいった。

ゆめ屋の番頭久米吉《くめきち》が、苦い顔で宗二郎に言う。

「旦那様、野尻は、どこまで話していたんでしょうか」

「心配するな、野尻に例のお方の名前は出しちゃいねえ。それより昨日、目付役が来たそうだな」

「はい」

「野尻のことで来たのか」

「はい。父親が、息子は旦那様から仕官の口を紹介してもらったと言ったそうで、御目付役は本間殺しに旦那様の関与を疑われておりましたが、そんなことはなかったと言っておきました」

「素直に引き下がったのか」

「はい。袂《たもと》に十両ほど入れてやりましたら、何もなかったような顔で帰りましたよ」

「ふん、くそ役人めが」

宗二郎がほくそ笑み、思い出したように告げる。

「念のため、野尻の妹を連れてこい。親父が来たからには、口封じをしないとな」

「あの美人の妹を殺すのは、惜しいですね」

久米吉が舌なめずりをしながら言う。

「あのお方に献上するのはどうでしょう。ご出世されましょうから、楽しんでいただくと損はないと思いますが」

「そいつはいい。昼間は人目がある。今夜攫《さら》ってこい」

「へい」

久米吉は、悪だくみに満ちた笑みを浮かべた。

四

その夜、新見左近はお琴のところで夕餉をすませ、根津の藩邸に帰るために道を歩んでいた。

泊まるつもりでいたのだが、将軍綱吉から、明日登城するようにとのお達しがあり、間部から知らせが来たのだ。

左近の傍《かたわ》らには、小五郎が警固《けいご》のため付き添っている。

左近はいいと言ったのだが、綱吉に意見していた堀田大老が城で殺されて以来、間部だけでなく、左近の家臣たちも警戒を強め、なかなか一人で歩かせてくれなくなっていた。

今日お琴に会いに行くにしても、間部が目を離さぬので、抜け出すのもひと苦労だったのだ。

　だが今宵は小五郎が付き添っていたことで、思わぬことになった。

　浅草の町を抜けて不忍池に向かっていた時、前から来た駕籠とすれ違ったのだが、

「殿、怪《あや》しゅうございます」

　小五郎が小声で言い、立ち止まった。

　人相の悪い男たちが付き添う駕籠は、簾《すだれ》が下ろされているのだが、隙間から女物の着物の袖《そで》がはみ出て地面を擦《こす》っていた。

　身だしなみを気にする女が、袖が出ていることに気づかぬはずはないと、小五郎は言うのである。

　左近は応じて、声をかけた。

「そこの駕籠、止まれ」

　振り向いた男が、左近を見て顔色を変えた。

「急げ」

　走り出したので、左近と小五郎があとを追う。

　身軽な小五郎が寺の土塀《どべい》に跳び上がって追い越し、行く手に立ちはだかった。

「野郎。構わねえ、やっちまえ」

人相の悪い連中が匕首を抜き、小五郎に襲いかかる。

だが甲州忍者を束《たば》ねる小五郎に敵《かな》うはずもなく、襲いかかった者たちは顔を殴られたり、腹を蹴られたりして倒されていく。

浪人者が抜刀して斬りかかろうとしたところへ、左近が小柄《こづか》を投げ打つ。

手首を痛めた浪人者が、左近に斬りかかった。

左近が安綱を抜刀して弾《はじ》き上げる。

「うっ」

剛剣に怯《ひる》んだ浪人者が、

「退《ひ》け、退け！」

左近を睨みながら後ずさり、きびすを返して走り去った。

駕籠を担いでいた者は反対側に逃げていき、無頼者は小五郎を避けて小道に逃げ込み、闇の中へ溶け込んだ。

左近がうなずくと、小五郎が小道に入り、逃げた者たちの跡をつける。

左近は駕籠に歩み寄り、簾を上げた。すると、猿ぐつわを噛まされて手足を縛られた若い女が、中で気を失っていた。

左近は女を担ぎ出して縄を解き、活《かつ》を入れてやる。

目を開けた女があたりを見回し、左近に振り向いて驚く。

「危ないところだったな。何があったか、話してくれぬか」

「家にいきなり入ってきて、攫われたのでございます」

「襲った者に、心当たりはあるか」

女は首を横に振った。

「ひとまず、ここを離れよう」

左近はそう言って立たせ、お琴の店に連れていった。

「ここは……」

女が驚いた顔をしている。

「知っている店だったか」

「はい。何度か来たことがあります」

「ならば、遠慮はいらぬ」

左近が裏から入ると、出迎えたお琴が女の顔を見てすぐに誰だか気づいた。

「夏江さん、じゃないですか」

確かめるように訊くと、夏江はお琴をちらりと見て頭を下げる。

「やはりそうでしたか。縁談が決まったそうですね」

すると夏江が、浮かぬ顔でうなずいた。

左近が、攫われそうになったのを助けたと言うと、お琴が驚いた。

お琴が夏江に歩み寄って手をにぎり、

「何があったのか、話してみませんか。一人で苦しんではいけませんよ」

促すと、夏江は涙をこぼし、すべてを話した。

本間大和守が斬殺されたことを知っていた左近は、夏江の話を聞いて、黒幕の存在を直感した。

夏江の兄久治郎は、黒幕に利用され、口封じに殺されたに違いないのだ。

「しばらく家に帰らぬほうがよい」

左近が言うと、お琴は三島屋《みしまや》で匿《かくま》うと応じた。

相手がゆめ屋だけではなく、おそらく大名か旗本が関わっていると思った左近は、お琴を巻き込むことを嫌い、谷中のぼろ屋敷に匿うことにした。

だが、お琴は役に立ちたいと言って引かない。

「小五郎さんとかえでさんが隣におられますから、大丈夫です。わたしに、夏江さんをおまかせください」

左近は迷ったが、明日は登城しなければならぬため、今夜一晩だけ、お琴に頼ることにした。

「では、頼む」

はい、と応じたお琴が、夏江を奥の部屋に案内した。

左近は居間に座り、小五郎が帰るのを待っていると、程なく戻ってきた。

夏江を攫おうとした連中は、ゆめ屋に逃げ帰ったという。

左近は小五郎に言った。

「夏江の兄が、本間大和守殿を斬った下手人《げしゅにん》らしいが、これには裏がありそうだ。ゆめ屋は、本間殿を殺させた誰かと繋《つな》がっているはず。その者が誰なのか、急ぎ突き止めよ」

「はは。殿をお送りしたあとに、調べまする」

「余のことはよい。お琴が夏江を匿うと言うて聞かぬので、かえでに警固をさせるように」

「かしこまりました」

左近は朝早く根津の藩邸に帰ることにして、この日はお琴の店に泊まった。

翌朝、江戸城に登城した左近は、黒書院で将軍綱吉に拝謁した。

綱吉は不機嫌な顔をしている。

左近が頭を下げると、

「面《おもて》を上げよ」

綱吉が、面倒なあいさつは抜きだと言わんばかりの態度で告げ、身を乗り出す。

「綱豊、大和（本間）の件は、耳に入っておるな」

「はい」

顔を上げた左近は、綱吉に問う。

「本日のお呼び出しは、そのことにございましょうか」

「そうじゃ。目付が浪人の恨みによるものだと言うてきおったが、余は納得しておらぬ。そちはどう思う。意見を聞かせてくれ」

「さすがは上様、単なる遺恨《いこん》ではないと、お見通しでございましたか」

左近が言うと、綱吉のそばに控えていた柳沢が鋭い目を向けた。

「やはり、わたしの思ったとおり、何かご存じでございましたか」

左近は柳沢を見た。

「偶然でござった。昨夜、曲者《くせもの》に攫われかけた娘を助けたところ、本間殿を殺めた野尻久治郎の妹だったのだ」

「ほう」

柳沢が目を細める。

「詳しく申せ、綱豊」

綱吉に言われて、左近は子細《しさい》を話した。

そのうえで、

「野尻久治郎は、本間殿に生きていてもらっては困る者に騙され、利用された。わたしは、そう見ております」

左近が考えを述べると、

「それは、あくまで憶測でございましょう」

柳沢が厳しい顔で反論した。

左近が見据える。

「さよう、これは憶測にござる。されど、本間殿は次期若年寄と噂された人物。その座をめぐる争いが起きているのではござらぬか」

「そのようなことは聞いておりませぬな」

柳沢が突っぱねるように言い、左近を睨む。

「甲州様は、ご公儀に揉めごとが起きていると憶測されておられるようですが、腹の底で揉めごとをお望みゆえ、そう思われるのではございませぬか。下手《へた》に嗅《か》ぎ回って騒ぎを大きくせぬよう、こころがけていただきとうございます」

柳沢は、左近を綱吉の敵と見なしているのか、それとも敵にしたいのか、近頃は顔を見るたびに、挑発的な態度で接してくる。

もう一人の側近である牧野はこれを静観しているのだが、左近に向ける目は冷たい。

だが左近は、二人の側近の思惑に嵌《は》まるような者ではない。

まっすぐに綱吉を見て、言上した。

「堀田大老が殺されたことで、幕府も江戸市中も揺らいでおります。そこへ若年寄の座をめぐる暗殺などが起きては、諸大名の手前よろしくない。これを案じられる上様のご心痛は、計り知れぬことと存じますが……決して、真の悪人をお見逃しなきよう」

「甲州様、無礼でございましょう」

柳沢が憤慨したが、

「よい」

綱吉が制した。

「綱豊、そちが申すこと、もっともじゃ。本間は、いずれ余のそばに仕えさせようと思うていた者であった。このようなことになり、実に惜しい。そちが考えるとおり、己の出世のために暗殺をくわだてた者がおるなら、余は決して許さぬ。綱豊、遠慮はいらぬ。そちの思うとおりに、本間を暗殺した者を探り出せ。その者の処遇は、すべてそちにまかせる」

(余のかわりに、悪を成敗いたせ)

口には出さぬが、綱吉の目はそう伝えているように左近には思えた。

綱吉に頭を下げて承諾した左近は、おもしろくなさそうな顔で傍らに控える柳沢と牧野を見て、釘を刺した。

「若年寄の座を狙う者が、今や老中方よりも力をお持ちのお二方にすり寄ってこよう。しっかりと目を開いて、お見逃しなきように」

顔を引きつらせ、色めき立つ柳沢と牧野。

その後ろで、綱吉が言う。

「これは綱豊に一本取られたな。両名とも、肝《きも》に銘《めい》じておけ」

牧野はすぐさま頭を下げた。

柳沢は悔しげな顔で左近を睨んでいたが、綱吉に言われては素直に応じるしかなく、左近に背を向けて、神妙な顔で綱吉に頭を下げた。

五

左近が言ったとおり、この時すでに、牧野と柳沢のもとには、若年寄の座を狙う者たちが押し寄せていた。

左近が登城したこの日も、牧野と柳沢の屋敷には、付け届けと称した賄賂《わいろ》を携《たずさ》えた者たちが、あるじの帰りを待っていたのである。

城のお役目を終えた柳沢が屋敷に戻ったのは、とっぷりと日が暮れた頃で、帰りを待っていた者たちはさすがに遠慮し、この日はあきらめて帰ったあとだった。

大名や旗本の者が十名ほど待っていたと聞いて、柳沢は厳しい顔をする。

「悔しいが、甲州様の言うとおりじゃ」

出迎えた家老に聞こえぬ声で言い、

「決して、勝手に受け取るでないぞ」

声音《こわね》を強くして命じた柳沢は、着替えをしに屋敷の奥へ入った。

小姓の手伝いで着替えをして、遅い夕餉をすませようとしていた柳沢のところへ、家老が来客を告げに来た。

「誰だ、こんな夜更《よふ》けに」

「小見山藩主、赤沢羽前守様でございます」

「何、羽前守殿が」

本間と並び、次期若年寄の候補にあがっている人物で、綱吉の覚えもめでたい。

柳沢は、本間よりも赤沢が若年寄になることを望んでいただけに、快《こころよ》く面会に応じた。

今日、左近に会った柳沢は、赤沢本人に言っておきたいことがあったのだ。

ふたたび袴を着けた柳沢は、家老と共に書院の間に入った。

柳沢に対し、赤沢羽前守が平身低頭《へいしんていとう》してあいさつをする姿を見ても、堀田大老が殺されて以来、柳沢が急速に力を増していることがうかがえる。

その柳沢に、赤沢は千両という多額の賄賂を差し出した。

目録《もくろく》ではなく、包金《つつみがね》の山を積まれて、柳沢は赤沢に厳しい目を向ける。

「これは、なんの真似か」

「ほんの気持ちにございます」

「若年寄の座を欲《ほっ》してのことであれば、受け取るわけにはいかぬ」

「そうおっしゃらずに、お納めください」

柳沢は受けるとは言わず、赤沢に問う。

「昨日は牧野殿を訪ねたそうだな。わしは二の次か」

「滅相《めっそう》もございませぬ」

「まあよい」

柳沢は立ち上がり、下段の間に下りた。

積まれた小判の山を足蹴《あしげ》にして、赤沢の前に立つ。

「羽前守殿、ひとつ訊きたいことがある」

赤沢は青ざめた顔を上げた。

「なんなりと」

「賄賂などよこさずとも、わしは貴殿を若年寄に推《お》そうと思うておるが、御身《おんみ》は潔白《けっぱく》であろうな」

「な、なんのことをおっしゃっておられるのかわかりませぬが、それがしは領民にも慕《した》われていると自負しております。後ろ暗いことは、何ひとつございませぬ」

「まことであろうな。貴殿を推すわしに恥《はじ》をかかせるようなことは、しておらぬのだな」

「しておりませぬ。ご安心ください」

「あいわかった。ならば、この金は持って帰れ。若年寄になったあかつきには、何かと金がかかるゆえ、無駄遣《むだづか》いはせぬことじゃ」

「ははあ」

赤沢は供の者に命じて小判を集めさせ、柳沢の前から逃げるようにして帰っていった。

浅草福井町《あさくさふくいちょう》にある屋敷に戻った赤沢は、家老の石出《いしで》を部屋に呼びつけ、人払いをさせた。

そして、蠟燭の明かりが当たる顔に焦りの色を浮かべながら石出に言う。

「柳沢様から、本間暗殺に関わりがないかと問われた。どうなっておるのだ。浪人者の遺恨による刃傷沙汰で落着したのではないのか」

「それが、少々厄介なことに」

「どういうことじゃ。何が起きておる」

「ゆめ屋宗二郎が、浪人の父親に斬り込まれたことに焦りまして、夏江と申す妹を始末しようとしたのですが、思わぬ邪魔が入り、ことをし損じております」

「その妹は、余のことを知っておるのか」

「それはございませぬ。お家の名は伏せておりますので」

「ならば、安心してよいのだな」

「はい。ただ、柳沢様のお言葉が気になります。ご公儀の手が回らぬうちに、この件の証をすべて消し去ります」

「何をするのだ」

「殿は何もご案じ召されず、このわたくしめにすべておまかせください」

薄笑いを浮かべて部屋から出た石出は、悪だくみに長《た》けた者が見せる恐ろしい目つきになっていた。

廊下に控えていた配下の藩士に、石出が告げる。

「ゆめ屋を始末する。手はずどおりにやれ！」

「はは」

「妹の夏江は見つかったか」

「残念ながら未《いま》だに……。ですが、許婚《いいなずけ》がおりますので、そちらを見張らせております」

「よし、まずはゆめ屋だ。明日やる」

「承知しました」

配下は頭を下げ、去っていった。

翌日の昼前、ゆめ屋を石出の配下の者が訪ねた。

茶を飲んでいた宗二郎が、いそいそと表に出る。

「へい、なんのご用でございましょう」

宗二郎が愛想《あいそ》よく尋ねると、使いの侍が言う。

「先日のことで、殿が直々《じきじき》に礼をなされたいそうだ。すまぬが、皆で足を運んでもらいたい。拙者が案内する」

「皆で、でございますか」

いぶかしむ宗二郎に、石出の配下の者が言う。

「殿のお心遣いじゃ。ありがたく受けよ」

「へい、そりゃもう。ちょいとお待ちください。今、支度しますので。聞いたか野郎ども、薄汚ねぇ着物を脱いでさっさと着替えろ」

ゆめ屋はにわかに騒がしくなった。

宗二郎は紋付袴《もんつきはかま》に着替え、子分たちは清潔な印半纏《しるしばんてん》を引っかける。

石出の配下は、喜ぶゆめ屋の者たちを連れて出ると、北の方角へ案内した。

「そっちの道ということは、吉原ですかい、旦那」

宗二郎が、大尽遊《だいじんあそ》びを期待して訊く。

「楽しみにしておれ」

石出の配下はそう言うと笑みを見せ、北に向かった。

途中で左に曲がり、浅草田圃《あさくさたんぼ》のほうへ行くので、吉原ではないのかと皆が首をかしげる。

案内の侍は人里を離れていき、林の中に続く小道に入った。

「旦那、どこまで行くんですか」

「すぐそこだ。殿は今大事な時期ゆえ、あからさまには会えぬ。この先に、もてなしの支度をされてお待ちになっておる。楽しい趣向もあるゆえ、期待しておれ」

宗二郎は久米吉と顔を見合わせたが、なんの疑いも抱かずについていった。

狭い小道を歩んでいくと広い場所に出て、一軒の古びた寮《りょう》があった。

「ここだ。入ってくれ」

「へえ、これはまた、洒落《しゃれ》た寮でござんすね」

藁屋根《わらやね》には草が生《は》えている。

あまりの古さに驚いた宗二郎は、

(こんな場所に連れてきやがって)

内心ではそう思い、皮肉を込めて言ったのだ。

だが、ここに来ても宗二郎は、何も疑っていなかった。というのも、長年赤沢家に出入りしているので、すっかり信用していたのだ。

枯れ草を掃除したばかりのような庭から廊下に上がらされた宗二郎たちは、十畳と八畳の仕切りを取られた部屋に案内された。

そこにはすでに膳が用意してあり、宗二郎は上座に着くよう言われた。

言われるまま座っていると、下座に石出が腰を下ろした。

「宗二郎、皆の者、よう来てくれた。殿は少々遅れるゆえ、先にやっておいてくれ」

宗二郎が手をひらひらとやる。

「とんでもねぇ。酒臭《さけくさ》い息で殿様の前に出られませんや」

石出が笑みを浮かべる。

「そのように堅苦しい顔を見せられるほうが不快じゃ。酒に酔ったくらいがちょうどよい。遠慮せず飲め」

石出が言うと、家来たちが現れ、皆に酒を注いだ。

石出も杯《さかずき》を持ち、音頭を取る。

「今日は、まことによう来てくれた。殿がまいられるまで、しっかり飲んで食べてくれ」

石出は言うと杯を口に運び、酒を干した。

「では、遠慮なく頂戴《ちょうだい》しやす」

宗二郎が飲むと、子分たちも杯を干した。

「旨《うま》い酒でござ――」

言いかけた宗二郎が、呻き声をあげて喉をかきむしりはじめた。

「旦那様！」

慌てた久米吉も、目を見開き喉を押さえる。

他の者も苦しみはじめたかと思うと、口から血を吐いて倒れた。

石出の家来たちが刀を抜き、とどめを刺す。

すべてを終えるのを見届けた石出は、家来に火をかけさせ、寮から立ち去った。

火の手が上がる寮を見届けることなく、石出たちは林の小道に駆け入って逃げる。

そこまで見張っていた小五郎が木陰から現れ、寮の中に入った。

火に包まれていく宗二郎たちの惨状《さんじょう》に顔をしかめた小五郎は、やったのが何者か突き止めるために跡をつけようとした。

庭に駆け下りた時、襲いくる剣気に咄嗟《とっさ》に反応して跳びすさる。

「鼠《ねずみ》、誰の手の者だ」

鋭い声をあげる藩士は、かなりの遣《つか》い手《て》。

小五郎は小太刀《こだち》を抜き、姿勢を低くして構えた。

藩士は正眼《せいがん》の構えを崩さぬまま迫ってくる。

小五郎が手裏剣を投げた。

藩士は弾き飛ばし、

「むんっ！」

返す刀で斬りかかる。

小五郎が小太刀で受け流したが、藩士は凄《すさ》まじい速さで刃を振るってくる。小五郎はたまらず手甲《てっこう》で受け、同時に小太刀の峰《みね》で首を打った。

「うっ」

首を押さえた藩士が、苦痛に顔を歪めながら両膝を地面に落とした。

小五郎が捕らえようとしたその刹那、空を切って飛んできた矢が、藩士の背中に突き刺さり、命を絶たれた。

小五郎が射手《いて》を追ったが、林に視界を阻まれて見つけることができない。

「くそっ」

しくじったと悔しがった小五郎は、左近に知らせに走った。

その頃、夏江の行方を捜していた石出の手の者は、夏江の許婚が黒鍋長屋の家主でもある味噌《みそ》屋《や》の亀屋の長男新太郎《しんたろう》だと突き止め、見張りについていた。

その新太郎が、職人風の男と共に慌てた様子で出てきたので、藩士は同輩たちと跡をつけはじめた。

六

小五郎から知らせを受けた左近は、根津の屋敷を出てお琴のところへ行った。

花川戸町の店に着くと、いつものように裏から庭に入り縁側に上がる。すると、居間からお琴の声が聞こえた。

「夏江さん、もう一度よく考えて……」

「おかみさんのおっしゃるとおりだよう。夏江さんは夏江さんなんだから、何もそこまでしなくても。許婚のこと、好きなんでしょう」

お琴に続いて、およねの必死の声がする。

「入るぞ」

左近が声をかけると、およねの声がやみ、障子が開けられる。出てきたお琴が悲しげな顔をしていたので、左近は驚いた。

「いかがした」

「夏江さんが、出家すると言われるのです」

「尼《あま》になると？」

「はい」

左近はうなずき、居間に入った。

夏江は目を赤くして、思いつめた顔をしている。

「旦那からも言ってくださいましよ」

およねに言われて、左近は夏江に理由を訊いた。

「大罪を犯した兄のかわりに、本間様の供養をしとうございます」

「その必要はない。本間殿に詫《わ》びねばならぬ者は、他におる。そなたの兄を騙し、殺させた者こそが、まことの悪だ。父も兄も、そなたの幸せを願っているはず。仏門に入るのはやめなさい」

「わたくし一人が、幸せになってもよろしいのでしょうか」

「およね殿が申したように、そなたはそなたの人生を歩め。何も罪を犯していないそなたが幸せになるのを、誰も咎めることはできぬ」

夏江の目から、涙がほろりと落ちた。

お琴が手をにぎり、励《はげ》ました時、

「お連れしましたよ」

店の表から権八の声がした。

およねが、ご苦労さんと返事をして、夏江に笑みを向ける。

「ちょうどいいあんばいに、お迎えが来ましたよ」

「え？」

驚く夏江に、およねが言った。

「お前さんがどうしても出家すると言うものだから、うちの人にひとっ走り頼んで、亀屋の若旦那を連れてきてもらったんですよ」

権八と、二十代半ばの新太郎が店に入ってきたので、左近はすぐに裏手から出て、表の様子をうかがった。

幸い店の様子を探る者はおらぬようだったのでほっとしたが、小五郎が煮売り屋から顔をのぞかせたので、あたりを警戒するよう命じて、左近は店に戻った。

新太郎が夏江の手をにぎり、一緒に帰ろうと言って説得していた。

だが夏江は、兄久治郎が騙されて本間を斬ったことを正直に告げ、夫婦になれば迷惑が及ぶので一緒に帰ることはできないと拒《こば》んだ。

新太郎が、うつむく夏江をのぞき込むようにして言う。

「そのことなら、長屋の連中から聞いていますよ。でもね、何も心配はいらないんだ。わたしは、お前としばらく江戸を離れる決心をしているんだよ」

夏江が驚いた顔を上げた。

「わたしのために、そんなことをしてはいけません」

「勘違いしたらいけないよ。江戸から逃げるんじゃないんだ。岡崎《おかざき》へ帰るんだ」

「え？」

驚く夏江に、新太郎が優しく告げる。

「江戸の店は弟にまかせて、岡崎の本店に帰って、おとっつぁんを楽隠居させてやらなきゃならないからね」

亀屋は、自前の八丁味噌《はっちょうみそ》を売るために江戸に店を持っているが、それは出店で、本店は岡崎城下にあるのだ。

夏江は、辛《つら》い思い出がある江戸にいなくてすむ。

まして、久治郎は騙されたのだから、夏江が罪に思うことはない。

左近は夏江に言った。

「兄を騙した者には、必ず罰がくだる。遠く離れた地で、幸せになりなさい」

夏江は目を赤くしながらも笑みを浮かべ、左近にうなずいた。

「ほんとうに、なんとお礼を申したらよいか。このご恩は、一生忘れません」

新太郎が左近とお琴に頭を下げ、夏江を助けてくれた礼を述べた。

左近が言う。

「そのようなことは気にせずともよい。夏江殿と幸せにな」

「はい」

新太郎と夏江が揃って頭を下げて帰ろうとするので、

「おれも帰るところだ。通り道なのでついでに送ろう」

左近は二人が襲われてはならぬと思い、そう言って外に出た。

「いいね、若いっていうのは」

権八が、にやにやしながら見送っている。

左近は恐縮する新太郎と夏江と共に、上野に向かった。

人通りの多い道を選んでいたのだが、東本願寺の門前を通り過ぎ、新堀川《しんぼりがわ》を渡った頃には人影が絶えた。

左近が町家が並ぶ道へ曲がろうとした時、橋を駆け渡った覆面の集団が三人を取り囲んだ。

ざっと十人はいる。

左近は新太郎と夏江を背に回して立ち、安綱の鯉口を切る。

一斉に抜刀した曲者が斬りかかってきた。

安綱を抜刀した左近が、片手で弾き上げる。葵一刀流を極めた剛剣により、曲者の手から刀が飛ばされ、堀川に落ちた。

「むうっ」

曲者たちが、一歩退《しりぞ》く。

左近が安綱を峰に返す。

「怯むな！」

仲間の声に応じて、曲者どもが斬りかかった。

左近は一撃をかわし、相手の肩を打つ。

「やあっ！」

横から斬りかかる敵の刀を安綱で払い上げて額《ひたい》を打ち、次の敵の腹を打つ。

打ち下ろされた刃を紙一重《かみひとえ》でかわして、背中を打ち据える。

その動きは素早く、見る間に五人を倒した。

左近の剣に恐れをなした曲者が、じりじりと下がる。倒された者たちは、這《は》って左近から離れ、痛みに呻きながら逃げた。

刀を構え、仲間を逃がそうとしている二人の曲者に、左近が対峙《たいじ》する。

安綱の峰を元に戻して正眼に構えていた左近が、つと前に出た。と見るや、安綱を横に振る。

隙を突かれた曲者が覆面を割られ、頰《ほお》に赤い筋が走る。

血に染まる頰を押さえた曲者が完全に戦意を失い、走り去った。もう一人も、左近に背を向けて走り去る。

寺の瓦塀《かわらべい》から飛び降りた小五郎が左近にうなずき、逃げた者どもを追う。

安綱を鞘に納めた左近は、己の強さに瞠目《どうもく》している新太郎と夏江に笑みを向けた。

「悪党の正体はじきにわかる。二度と手を出させぬゆえ、安心して岡崎にゆくがよい」

左近はそう言って、二人を送っていった。

七

「小娘一人始末するのに、何を手間取っておるのだ」

家老の石出が、逃げ戻った藩士を罵倒《ばとう》した。

藩士たちは庭にひざまずき、うな垂れている。そのうちの一人が顔を上げた。暗殺隊を指揮した、清木《すみき》という三十男だ。

頬につけられた傷が痛々しい清木が、悲痛な面持ちで口を開く。

「思わぬ邪魔が入りましたものですから――」

「言いわけをするでない！　殿にお詫びせぬか！」

「はは」

石出の剣幕に、清木は座敷の奥に座っている藩主に平伏《へいふく》し、庭の白洲《しらす》に額を擦りつけた。

「申しわけございませぬ！」

藩主赤沢が、面倒くさそうな顔をする。

「石出、そのへんにしておけ。うるそうてかなわぬ」

「しかし、殿」

「よいではないか。見よ、今日はよい天気じゃ。空気も乾《かわ》き、風も吹いておる。こういう日の夜は、火事が起きてもおかしゅうはないのう」

言った赤沢が、悪人面《づら》で石出を睨む。

赤沢の意を汲《く》んだ石出が、口を歪めて悪だくみの笑みを浮かべた。

「清木」

「はは」

「もう一度だけ機会を与える。今夜亀屋へ行って、許婚に夏江の居場所を吐かせて始末せい。ことによっては、火を放って一帯を焼き払え」

その時、にわかに廊下が騒がしくなり、

「曲者でござる！」

叫び声がして、藩士たちが廊下に現れた。

皆玄関のほうを見ながら、腰の刀に手をかけている。

「何ごとじゃ！」

石出が声をあげた時、廊下に左近が現れた。

抜刀した藩士が斬りかかったが、左近に殴られ、庭の池に落ちた。

清木が石出に駆け寄る。

「あの者です。邪魔をしたのは」

「何」

睨んだ石出が、

「殿をお守りいたせ」

清木に命じて、左近の前に行く。

「おい！　ここをどこだと思うておる。浪人ごときが来る場所ではない！」

「赤沢羽前守に用がある。これへ連れてまいれ」

左近の威圧に、石出がたじろいだ。

「貴様、何者だ」

左近は答えず、廊下を歩む。

下がった石出の前に藩士が割って入り、左近に刀を向けた。

「何ごとだ、騒がしい」

言いながら廊下に出てきた赤沢を左近が睨み、扇子《せんす》を向けた。

「本間大和守殿を暗殺したのは、羽前守、貴様であることは明白。神妙にいたせ」

「ふん、何をわけのわからぬことを申しておる」

「とぼけても無駄じゃ」

「証はどこにあるのだ」

石出が言った。

「証を見せよ」

左近は、密《ひそ》かにこの場を離れようとした清木の目の前に小柄を投げ打ち、足を止めた。

ぎょっとする清木に、左近が言う。

「余の顔を忘れたとは言わせぬぞ」

清木は、慌てて頬の傷を隠した。

「無駄じゃ。余の手の者が、罪もない夏江を殺そうとした貴様らがこの屋敷に逃げ込むのを見ておる」

左近は赤沢を睨む。

「言い逃れはできぬぞ、羽前守」

この時になって、赤沢はようやく左近の顔を思い出した。

目を大きく見開き、

「こ、甲州様！」

愕然として下がる。

石出は顔を引きつらせ、赤沢と同じように下がった。

左近が厳しく告げる。

「己の出世欲のために罪もない者を殺した貴様らの悪事、許すわけにはいかぬ。厳しい沙汰がくだるものと覚悟いたせ」

悔しげに歯を食いしばる赤沢が、本性をむき出しにした。

「皆の者、よく聞け。この甲州を討てば、上様がお喜びになる。首を取った者は、恩賞が思いのままじゃ。主君のために、手柄をあげよ！」

「おう！」

真っ先に声をあげた石出が、左近に斬りかかった。

「むんっ！」

大上段から打ち下ろす石出の刀と、これに合わせて左近が打ち下ろした安綱が交差する。

赤沢を睨む左近の前で、石出が呻き声をあげて倒れた。

凄まじい剣に、藩士たちが恐れおののく。

左近が安綱の切っ先を赤沢に向け、藩士たちに告げる。

「良心ある者は去れ。悪に与《くみ》する者は、葵一刀流が斬る！」

「ひ、怯むな。かかれ！」

赤沢の命に応じた藩士が、後ろから斬りかかった。

刀を弾き上げた左近が、藩士の首に刃を当て前に出る。

斬りかかろうとした別の藩士を目で制し、左近は刀を引き斬る。そして襲いくる藩士たちを次々と斬り倒した。

その騒ぎの中、弓を番《つが》えて狙いを定める藩士がいる。

矢を射《い》ようとしたその時、屋根から飛び降りた小五郎が斬る。

かえでも現れ、左近を狙う藩士たちを斬り倒した。

劣勢《れっせい》に焦った赤沢が、藩士を楯《たて》にして左近に言う。

「お、おのれ、甲州。譜代の大名にこのような真似をして、上様がお許しになると思うな。貴様にも、必ずお咎めがあると思え」

「本間殿を殺した悪党の処遇は、上様からまかされておる。覚悟いたせ」

「死んでたまるか」

赤沢は藩士の背を押した。

「やあっ！」

恐怖に満ちた顔で斬りかかる藩士の刀を、左近は受け流して突き飛ばす。

それを隙と見た赤沢が、

「死ね！」

刀を振りかざして向かってきた。

左近は、打ち下ろされる刀をかわして前に出た。

胴を斬られた赤沢が、左近の後ろで呻き声をあげ、うずくまるように倒れた。

主君を斬られた藩士たちが、悲鳴をあげながら逃げていく。

その者たちには目もくれぬ左近は、長い息を吐き、安綱を鞘に納めた。


こののち、赤沢家は改易となり、小見山藩の領地は天領《てんりょう》とされた。

左近は綱吉から感謝状を送られたのだが、それは江戸城に呼ばれて直接渡されたのではなく、根津の藩邸に使者が届けに来た。

間部は無礼だと怒りを露《あら》わにしたが、近頃の綱吉は左近だけでなく、誰とも会わなくなっている。

左近がそう言ってなだめていると、背後に膝をついた小五郎が、暗い声で告げる。

「殿、先日、赤沢が残した言葉が気になります」

左近を斬れば綱吉が喜ぶと言った、あの言葉のことだ。

左近は膝を転じ、頭を下げている小五郎とかえでに言った。

「余を混乱させるために口にしたことであろう。気にするな」

すると、間部が口を挟んだ。

「殿、柳沢を甘く見てはなりませぬ」

「どういうことだ」

「大老が殺されて以来、柳沢が急速に力を増しているのが、どうも気になります。上様も、殿に言いたくとも言えぬことがあるやもしれませぬ」

「すべて、柳沢がしたことだと言いたいのか」

「これは、それがしの憶測にございます。されど、油断なされませぬように」

頭を下げた間部に続いて、小五郎とかえでも頭を下げた。

間部が続ける。

「実は、殿にとっては厄介な噂を耳にしました」

「どのような噂だ」

「殿を、将軍に望む諸大名が増えているとの噂でございます」

左近は知らなかったのだが、諸大名や旗本のあいだで、ゆるりと広まりはじめているらしい。

その噂とは、世継ぎがいない綱吉の跡を継ぐのは、徳川綱豊であろうというものだ。

そして、堀田が殺され、殺生御法度の新法発布が確実になろうとしている今、諸大名のあいだで、綱豊を将軍に望む声が高まりはじめているのだ。

左近はため息をついた。

「上様はご存じなのか」

間部がうなずいた。

「そう思われたほうがよろしいかと」

左近は、柳沢の態度が変わった理由がわかった気がして、浮かぬ顔をした。

廊下に出た左近は、江戸城の方角に目を向けてつぶやく。

「困ったことにならぬために、また仮病《けびょう》を使うか」

頓狂《とんきょう》な答えに、間部はあんぐりと口を開け、小五郎とかえでは吹き出した。

小五郎が小声でささやく。

「間部殿、ご案じめさるな。殿はこの図太さだ。誰にも手出しできぬ」

「そのようですな」

間部は呆《あき》れ顔で笑った。

双葉文庫

さ-38-26

浪人若《ろうにんわか》さま 新見左近《にいみさこん》 決定版《けつていばん》【十】
江戸城《えどじょう》の闇《やみ》

2023年1月15日　第1刷発行

【著者】
佐々木裕一《ささきゆういち》

【発行者】
箕浦克史
【発行所】
株式会社双葉社
〒162-8540 東京都新宿区東五軒町3番28号
［電話］03-5261-4818(営業部)　03-5261-4868(編集部)
www.futabasha.co.jp(双葉社の書籍・コミックが買えます)
【印刷所】
中央精版印刷株式会社
【製本所】
中央精版印刷株式会社

【フォーマット・デザイン】
日下潤一

ISBN978-4-575-67147-6 C0193
Printed in Japan